U0060261

孩子，你的未來能飛翔

蔣馨｜著

蔣馨

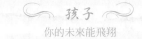

蔣馨

自序
人人可以飛翔，可以美夢成眞

「爲什麼要寫書出書？」有人問我。問得好。

我的回答：

「閱讀本身產生偉大的力量，在網路時代，能夠分別時間閱讀的人，常是傑出的領袖，因有宏偉的思考與正確的爲人處事信念。喜歡閱讀的人，因常沉浸在偉大思考中，他的人生日趨成功順利偉大。」

我曾是老師，從事教育工作20年。雖教育英才，當時沒有養成看心靈書籍的好習慣，常常在職怨職，抱怨生活，抱怨教育的缺失；卻從來沒有偉大眼光，如法國大仲馬說的：「整個世界在呼喊：我們需要英雄的出現。不要苦苦的找尋這個人了，他就在你的手中—這個人就是你自己。每個人都可以成爲英雄。」

是的，每個人都可以成爲英雄。這些句話，是我從靜心閱讀所獲得的座右銘，由於養成閱讀好習慣，我的平庸

生命開始做美夢：成為世界級的作家與畫家。從此生命因心中有美夢，不再抱怨這個世界，以自卑心態看自己，就這樣日子開始有色彩，有雙翅膀在飛翔。

曾經在生命低谷中，讀遍圖書館所有心靈勵志的書籍，從中得到向上爬起來的力量，再度回到生命的青草地上；當時就立下心志：要當一位心靈勵志作家，書寫文章去激勵人心，讓他們活出更好更卓越的自己。

我在60歲才開始出版人生第一本書，但年齡永遠無法成為我成世界級作家的障礙；61歲（明年2023年）才預備人生的第一次畫畫展覽，我的心依然年輕，摩西奶奶77歲才開始畫畫，我還年輕；我的畫家夢想，會像摩西奶奶開花綻放，美麗人生。

人人都可以美夢成真的。人的潛能無窮，只要去行動，就有魔力與天才做自我突破，有雙大能翅膀飛翔在生命天空，去創造生命的奇蹟。

人要如何成功，美夢成真是需要被導引的。洛克菲勒是美國石油大王，非常成功的企業家。在忙碌事業中仍抽空寫家書於一雙兒女。所以洛克菲勒家族至今富超過六代。洛克菲勒所寫的家書激勵他的兒女，其實也激勵讀者的我。他寫家書傳承生命之道，影響我以家書做為心靈勵志文章的風格。

家是人間天堂，是培養偉人英雄的搖籃，我愛家，家豐富溫暖我的生命。由於自己是位母親，有一女一兒，藉著寫家書於兒女，傳承生命的真理生命與道路。這本書是

寫給自己兒女，也寫給天下兒女。

　　希望我人生第一本書《孩子，你的未來能飛翔》，成爲你的心靈的好朋友，我們在書上相遇，彼此鼓勵造就，不論幾歲，你的人生是可以美夢成眞，你有無限潛力，成爲一位圓夢的英雄。

蔣馨 2022/05/20

目錄CONTENTS

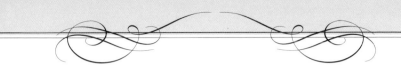

一位快樂母親

安安亮亮：

　　今天媽媽依然早起，是黎明的媽媽。清晨4點半多，當我走到陽台，不經意看見好圓的月亮掛在天空中，那麼圓那麼亮照耀每個家。此時世界溢滿美好寧靜，媽媽感受到了。媽媽想到泰戈爾詩人的詩句——「我存在——這是永恆的驚喜，生命的驚喜」；安安與亮亮，當你們選擇出生到這個世界，就是永恆的驚喜，生命的驚喜。

　　媽媽很開心實現我少女許下的夢想：擁有一個幸福的家，有懂事蒙福的子女；讓我在人間有當母親的體驗旅程。謝謝上帝，讓我實現我的夢。當安安與亮亮的出生，進入到媽媽的世界來，媽媽的世界再也不是孤獨無意義的生活；媽媽因擁有一對寶貝兒女感到快樂與充實，當你們過快樂童年，做媽媽也等同過快樂的童年。現在你們分別28歲與27歲，安安達適婚年齡，亮亮也在找合適自己的工作，此時媽媽想對你們說：「願神賜你們天上的甘露、地上的肥土、並許多五穀新酒。」（創世紀27：28）安安與亮亮的未來是豐富與富足的。媽媽想對你們姊弟說出我們傳家之寶：熱愛上帝與熱愛工作。媽媽說明如下：

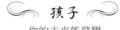

◎熱愛上帝

　　媽媽一生的轉捩點是在認識上帝，成為上帝的兒女後；原本自卑的媽媽知道我是神的女兒，有特別的恩賜（才華），有特別來到人世間的命定，媽媽身上流著如天使般尊貴的血液，媽媽自信心漸漸滋長，如生命之樹日益茁壯在天地間。媽媽在人生無路的時候走進教會，結果神為媽媽開新路——寫作畫畫與新的工作。認識上帝是媽媽一生最美祝福；上帝就是一道生命之光。今天的早上3點多，媽媽看見的圓圓月亮；現在早上9點多，窗外的金黃陽光灑遍全地，這光都有上帝的榮美，如月亮太陽在夜晚在白天，帶領祂的孩子成為光明的子女。

　　林肯的媽媽在她去世之前，將聖經送給孩子林肯，告訴林肯：「聖經可以代替她的位置，成為林肯腳前的燈，路上的光，成為他人生帶領者與幫助者。」林書豪的媽媽也是熱愛上帝的母親，她告訴林書豪：「首先熱愛上帝；其次熱愛籃球；所以每次教會主日都要參加，不可以因要慶祝籃球勝利不去教會。」

　　在19世紀，上帝帶領林肯成為解放黑奴的偉大總統；同樣在21世紀，上帝幫助林書豪度過乏人問津的冷板凳的籃球生涯。今天媽媽也將兩本聖經，分別交給安安與亮亮；同時對安安亮亮說：「熱愛上帝，上帝是最大夢想的搖籃手；媽媽有一天會死，但上帝永活；永遠陪伴安安與亮亮，神的靈引導你們走義路；神的智慧如甘露，滋潤你們因患難而乾涸的心；上帝如光照耀你們的每一天；在光

中你們將發現自己的最光明一面，只要相信自己有屬天的
能力，安安與亮亮將創造屬於自己的生命奇蹟。」

◎熱愛工作

工作在人生是最重要生存方式。人因工作而偉大。工
作不分貴賤，只要合適自己的才華能力，可以展現自己的
服務熱情就是好工作。安安亮亮，在這一生中都會面臨工
作的選擇。媽媽勉勵你們：做自己想做的；熱愛自己想做
的；非常勤奮工作；盡心盡力將工作做到120分。

家庭主婦也是工作；老師也是工作；做生意也是工
作；甚至在家工作或國際飛來飛去的工作……；不管你們
做什麼工作，媽媽想對安安與亮亮說：

「這一生一定要擁有一份合適自己的工作，靠主加添
你們內在力量，凡事都能做，做得好做得卓越；提供美好
的服務於社會，這世界因你們工作而更進步更好。」

安安與亮亮的一生中，上帝與你們同在，會是你們的
一生的力量與祝福，在神的恩典與慈愛供應下，安安與亮
亮會成為豐富的生產者，以認真工作來榮耀上帝；活出你
們來到人世間的命定與任務。媽媽很喜歡稻盛和夫（日本
企業家），他說：

「我認為工作熱情比別人高的人，他的人生會比較順
遂。無論是成立京瓷，還是創辦KDDI，我都是鎮日埋首於
工作，不眠不休、夙夜匪懈，簡直到『痴狂』的地步，當
時我內心強烈地祈求，為了增進黎民蒼生的福祉，無論如

何讓這個事業成功。憑藉著這股拚死的意念，我心無旁騖的投身在工作中。」

「人們可以做到許多不可思議的事情，只要他們相信自己做得到。記住這七個字：「只要敢想你就行；相信自己能創造奇蹟。」（皮爾博士，美國牧師/勵志作家）安安與亮亮，媽媽相信你們的潛能無限，你們將做出許多不可思議的事，想到這裡，媽媽眼睛看著天空，如此寬大自由創造，不就像是你們姊弟的未來天空，老鷹、大雁展翅高飛嗎？

後天就是母親節了，不用送媽媽禮物，只要安安與亮亮做到「熱愛上帝與熱愛工作」在你們往後的人生，這就是送媽媽最美最大最發光的禮物。媽媽愛安安與亮亮，你們的存在是永恆驚喜，「快樂的母親可以由衷地說她把孩子交到神的手中，她知道這麼一來，孩子就會受到保護。」（佛羅倫絲·辛（Florance Shinn），美國心靈作家）我將你們交託給神，媽媽的神也是你們的神，將帶領你們走人生之路。當你們遇到患難痛苦時，要記得低頭謙卑禱告祈求，偉大的神會幫助你們。

現在媽媽以祝福代替擔憂；媽媽以禱告代替關心；因為媽媽知道上帝會幫助你們一生；所以媽媽是世界充滿快樂的母親。

快樂媽媽於台北　2020/05/10

Chapter 02

你如好花歌唱

安安：

　　安安，你是媽媽的好女兒。從小你認真讀書，且愛幫助同學，所以你同學緣甚好，在國小四年級，你級任老師的一個問卷裡，問卷統結果：你成為男同學女同學中最受歡迎的人。在你求學過程中，你都當班級的幹部，是老師得力助手。

　　你讀高中時，班上來了一個國際學生，你特別關照他。你的導師在我參加親師懇談時，特地告訴我的，我才知道的。當你考上成功大學離北部家時，我叮嚀你要去教會，因教會教學校沒有教的博雅與品格課程。你將媽媽的話聽進去了，你真的走進教會認識上帝。

　　感謝主，你在讀大三時，自己決定要受洗成為上帝的女兒，媽媽很高興，你告訴我：「你教會牧師親自勉勵你與另一個受洗的學長，祝福你們有非常創造發光發亮的未來。你聽了鐫刻在你的心版上。」感謝你的牧師這樣用心牧養年輕人。你就因承載牧師祝福，你對未來，眼睛閃爍希望的光芒，如黎明之光要照亮世界。媽媽想起台灣詩人綠蒂的詩句：「用靈感的纖線，放一條會飛的魚，擁抱如海藍闊的蒼穹。」安安在未來是會飛的魚；有無限可能的

展現，充滿創意的靈感。

　　大學畢業了，你離開南部回台北工作，同時在教會義務幫忙傳福音，關心大學生。在工作之餘，你與教會弟兄姊妹走進校園，散播愛的種子。你工作相當忙碌，你在教會也算忙碌，媽媽知道你要做的事，心中有愛，要關心失落的靈魂，媽媽一向很支持你。「你可以支配偉大的力量。你要進入完美的寂靜狀態，控制一切擔憂，保留希望的想法。」（查理斯·丹尼爾（Charls Haanel）），安安要支配偉大力量，要刻意保留安靜輕鬆的時間。

　　媽媽今日親切叮嚀：一週至少要有1天安息日，好好放鬆，休息真的為了走更長的路。因為媽媽知道你一向休息時間還是不足，所以適度拒絕過多服事，好好愛自己，也很重要。

　　工作很重要，愛人很重要，但好好愛自己，放鬆自己也很重要。如聖經云：「你們要使疲乏人得安息，這樣的安息，纔得舒暢。」（以賽亞書28：12）

　　這是媽媽重覆叮嚀，要聽進耳喔。

　　安安，媽媽為你寫一首詩，是在寂靜鬆弛的時光完成的。

　　〈你心如好花歌唱〉
　　不再忙碌，不再掛慮
　　生命如好花，你心綻放
　　乘著輕風無限歌唱

唱首歌兒，多麼快樂
自己是希望，充滿寶藏
在生活中找到安頓
適當放鬆，適當休息
生命如天空，你心飛翔
在雲霞間無限創造

愛安安的媽媽於台北　2020/05/24

Chapter 03
你是光明之子

亮亮：

　　你的出生不是偶然的，是經過一番奮鬥到世界上。因媽媽懷你時，在32週就必須住進醫院安胎。在你36週時安胎安不住，緊急情況時，經過你爸爸急忙與在淡水馬偕醫院看診的主治醫師聯絡。在緊急手術房前，你爸爸趕緊包個大紅包要給楊振銘醫師，希望他盡心盡力搶救母子。楊振銘醫師堅持不收。媽媽經過難產大關，幸好遇到貴人——楊振銘好醫師，經他智慧判斷緊急開刀，母子均安。感謝楊振銘醫師仁心仁術。

　　時間過得真快，不經意間，昔日孩童成了大人，你已經研究所畢業，在上班了。媽媽與亮亮亮生命能夠鮮活在人間，是因有這樣醫術高明且德行高超的楊醫師，媽媽由衷感謝這位生命的大貴人。很不好意思，我都將對楊醫師的感謝都放在心裡，直到兩年前，你在當兵時，我才寫一封感謝卡到他現在服務的雙和醫院。亮亮，今天向你提楊振銘醫師，兩個目的，一是你的出生是經過一番奮鬥的；另外是你也要如楊醫師，在工作發光，成為別人的貴人。

　　亮亮，當你出生時，媽媽為你取名，有亮字，這靈感是從諸葛亮來。諸葛亮是歷史有名劉備軍師，非常聰明，

「草船借箭」、「赤壁之戰」，都是諸葛亮策畫的，使三國劉備成為贏家。每位媽媽期待自己孩子健康聰明，媽媽也不例外。

亮亮，你算聰明的人。記得小學一年級，由於你上公立幼稚園，沒有事先學注音符號，以致讀小一，考注音符號，你都敬陪末座；但你在智力測驗卻高得令級任老師嚇一跳，還來問媽媽，你是否事先做過。智力測驗只是參考，不過在智力測驗高的人，也象徵某種智慧是高的。所以你要告訴自己：我是聰明的，我可以做我想的事，我可以發明創造。發明大王愛迪生說：「百分之一天才，百分之九十九的努力。」大凡天才都是經過長年努力不懈，才能釋放內在潛能，服務社會，使世人得福。諸葛亮很聰明，他在當劉備軍師期間，盡心盡力在自己職責上，才讓主人劉備三國鼎立。亮亮，聰明誠可貴，但努力更重要，這是媽媽對你的叮嚀。

亮亮，媽媽的叮嚀：你要成為光明之子。聖經說：「你們應當趁著有光，信從這光，使你們成為光明之子。」（約翰福音12：36）無論未來遇到什麼景況，你永遠要看光明面，如向日葵向光；夜空裡的星星在黑暗閃亮。報紙、網路充斥很多負面消息；盡量不要看，多看一些良善勵志成功報導。因為接觸過多負面報導，都在污染心靈與人的潛意識。在工作或人生難免遇到很多挑戰，或陷入困境當中，你要想到凡事都有神的美意。聖經中約瑟在被親兄弟出賣到埃及，在他當埃及宰相，回首過往，他

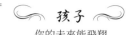

說：「神本意是好的。」成功學勵志大師在拿破崙·希爾在他《成功致富聖經》說：

「凡人心所能想像，並且相信的，終必能夠實現。每一個逆境，每一次挫折，每一回不愉快的經驗，都會帶來相等或更大利益的種子。」

亮亮，你剛入社會工作，在社會工作中，難免會有挫折且遇到不喜歡你的人，不對的環境，你永遠相信這些不如意都是帶給你未來成功利益的種子。亮亮，對未來要有崇高願景。人因夢想而偉大是媽媽的座右銘，媽媽在20多歲雖沒錢，仍擁抱出國念書願景，沒想到後來還是實現；現在媽媽還有夢：寫心靈甘露專欄出書，來激勵人心，就像楊醫師成為別人的貴人。由於有崇高願景，願景會驅使你努力向上，「凡人心所能想像，並且相信的，終必能夠實現。」有願景且配合行動，要堅持到底，亮亮，不要隨便放棄心中的大夢喔。這是媽媽對你的勉勵。

感謝神，當你告訴教會小組長，當你讀私立大學大一，想要準備插班暨南大學考試，但你只有3個禮拜時間。請小組長為你插班考試禱告。小組長就為你插班暨南大學考試禱告，沒想到你插班考試成功。你非常感動，因就你所知，別人要去補習班補一年才如願考上；你只用3個禮拜就進入暨大，這完全是神的奇妙作為，所以在你大二讀暨南大學時就受洗了，成為神的兒子。

亮亮，恭喜你是上帝兒子。神是光，光照世人。記得每當你內心覺得無光時，你就打開聖經閱讀神的話語，

讓神話語成為你腳前燈，路上的光。神的光會照亮你的前方，讓你充滿希望往前邁進。最後，以這首小詩送給亮亮，亮亮是光明之子。

〈你是光明之子〉
儘管夜很黑，很黑
當清晨來臨時
你要打開光明的心
與人們相會
你是詩，是畫，是歌
在時空做光明之子
你要打開勤奮的心
與世界飛翔
在挫折暗室，頭低
找不到出口當兒
你要仰望上頭的光
祂是生命之燈

愛亮亮的媽媽　2020/06/01

重覆練習成為專家

安安亮亮：

　　在人生要當一位勤奮的人。選擇一個你所要追求目標：成功企業家/某專業的閃亮人士/人文藝術家/政府官員等等；當你專注在這個目標，日日練習，不怕辛苦，重覆練習，幾年後，你就可以在你喜歡領域如魚得水，享受成就愉悅時光。

　　安安與亮亮，還記得媽媽曾跟你們說：「媽媽在讀書時代，畫畫成績都是乙等，媽媽是不會畫畫的書呆子」，這是媽媽當學生的遺憾。在7年前，你們已經讀大學時，一日我看亮亮有盒蠟筆全新的（同學送他的），都不曾打開，好可惜。媽媽就開始拿起蠟筆在畫紙上塗鴉一番，發現蠟筆色彩顏色鮮豔，很符合媽媽的個性，我想起我不會畫畫這件遺憾事。「那我可以開始學習畫呀！年紀不是問題。」想到就做到，這是媽媽的優點，於是媽媽就去買幼稚園的練習本來當作素描，慢慢從小人物練習畫，練習筆的運用，有空就畫。

　　重覆練習下，讓媽媽對於人物與色彩掌握漸入佳境，將畫好的圖拿給朋友看看，他們都會稱讚。7年後的今天，

媽媽現在比較忙，只能利用假日畫畫，但因前幾年重覆練習，已打下好的基礎，所以上週六日，我花了4~5小時完成「安安的喜悅時光」的畫，要分享在臉書上，成為我心靈甘露專欄的插畫，這幅畫昨日先以line傳給一位教會姊妹敏敏看，她對媽媽的畫讚賞一番，媽媽自己也很享受畫畫喜悅時光，因畫畫讓媽媽超越現實的景況。媽媽會舉我畫畫的例子，是因媽媽從不會畫畫，到現在畫畫得到朋友的讚賞，完全歸功於重覆練習的結果。

安安與亮亮，雲門舞集是台灣有名的舞團，創辦人林懷民先生30多年努力堅持下，讓全世界的人看見台灣的精彩舞蹈，台灣不再是舞蹈文化沙漠。戴晨志作家辭去大學教授，在家專心耕耘寫作，多少年過了，他已經台灣學子心中的勵志大師了。蔡依林是有名的大明星，她的歌聲舞蹈，普受青年學生喜愛，是歌壇天后。林懷民、戴晨志、蔡依林如何做到達成他們領域的專家？因他們超過十年以上重覆練習，使他們成為偉大舞蹈團的領袖、勵志作家、歌壇天后。

安安亮亮，重覆練習對任何領域都適用。拿破崙‧希（Napoleon Hill）說：「想技藝超群，必須練習、練習、再練習。」大陸鋼琴家李雲迪，17歲就獲得蕭邦音樂大賽好成績，且是中國人第一位獲得此獎項。小孩子喜歡看卡通是正常的。有一天，還是兒童的他，愛看卡通，因愛看卡通延遲彈鋼琴的時間，他的爸媽生氣就把電視搬至外公外婆家，就是要讓李雲迪專心練習鋼琴，不因電視而中斷

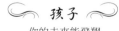

練習時間。天才音樂神童不是生下來就是神童，而是透過每天足夠練習時間而成為神童的。安安與亮亮，有沒有想要當什麼？可以花時間問自己。人若要好好過今生，一定要勤奮練習一技之長，成為生活的工具，經濟獨立自足，進而養家建立幸福的家園。這一技之長都需要重覆練習，再練習，幾番春夏秋冬而努力下，而成就某領域的專業人士。

安安與亮亮，媽媽練習寫詩，已經超過500首了，至今還在練習；因媽媽知道詩是無止境的。現在以〈轉動世界的人〉這首小詩送你們姊弟，你們會因重覆練習，成為專業人士，轉動世界。

〈轉動世界的人〉
我的小小夢田啊，沉浸在綠波中
日復一日，在陽光，雨後的彩虹裡
在某時光倒影下，我瞥見宇宙運轉的美
我的勤勤雙手啊，重覆在技能中
年復一年，在練習，微風拂專注裡
在花香鳥語來，我成了轉動世界的人

愛你們的媽媽 2020/06/15

Chapter 05

熱愛運動

安安亮亮：

你們還記得媽媽說：「我們家的傳家之寶是熱愛上帝，熱愛工作與熱愛運動。」熱愛上帝與熱愛工作，我已經在爲文告訴你們了，今天要跟妳們談傳家之寶第三項——熱愛運動。

媽媽爲什麼把「熱愛運動」做爲傳家之寶呢？因爲運動是媽媽的好朋友。媽媽從16歲在學生時代因參加游泳隊，游泳隊在寒冷冬天要練習，這個長達快2年的游泳隊訓練，培養媽媽比同學有好的體力，不怕苦的堅毅個性。這堅毅不怕苦個性，對於後來媽媽在人生低谷要往上爬，有很大幫助。當我離開游泳隊，18歲又愛上跑步，沒想到這一跑，晃眼間，媽媽的跑步歷史長達30多年（扣掉中間休息），在這30多年跑步運動中，培養媽媽的堅持力，不容易感冒，健康活力。

媽媽是很晚熟的人，媽媽在學生時代找不到生命意義的焦慮；幸好我每天早上6點準時在校園跑步，跑步讓媽媽的心跳動，有自己存在的現實感，每次跑完步後，內在焦慮至少去掉50%，迷惘的媽媽有動力繼續生活下去。

　　媽媽英文不好，在國外讀研究所時課業龐大壓力，習慣早上3點就起床去研讀各種資料，寫研究報告。在早上6點，放下繁重課業，就出門跑步去，這一跑，課業壓力不見了。跑步時，媽媽就有一幅圖畫在眼前，「義人的路好像黎明之光，越照越明，直到日午。」（箴言4：18），運動使媽媽覺得自己是義人，前途越來越光明。

　　每次當媽媽的跑步，沐浴在清新空氣裡，眼看向上成長的大樹，耳聽唱歌飛翔小鳥，大自然萬物生生不息的活潑氣息，感染我。每次跑步1個鐘頭，流了汗，洗完澡後，覺得身心靈是個新的開始，頭腦清明靈敏，於是我又開始有體力寫研究報告了。就這樣跑步，寫研究報告度過二年，順利拿到學位。這個讀研究所的經驗，媽媽體會就是：越忙碌工作，越高壓的情緒，去運動，是面對好方式，不會浪費時間，而且帶領自己放空，思考更敏銳活潑有創意。

　　美國作家奧格‧曼迪諾（OgMandino）說：「多運動，改善自己身體健康，可以使我們比較快樂。」愛因斯坦是20世紀偉大科學家，他是一位思考型研究型人物，在忙碌研究生涯中，他也是一位運動愛好者，他喜歡出門步行，去平衡他的用腦過度的生活。愛因斯坦說：「我生平喜歡步行，運動給我帶來了無窮樂趣。」德國諾貝爾文學家歌德說：「只有運動才可以除去各種各樣的疑慮。」當你們放下手中一切，走出門運動去。運動，讓四肢有力，帶動體內細胞活躍，可以消除工作壓力的重量，及心中壓

抑與焦慮。

　　安安與亮亮，運動確實可以增進健康且快樂。現在是21世紀，是手機電腦盛行時代，你們平常忙於工作，下班後又忙著手機的line訊息互動，坐著時間非常久，如果一週不刻意安排運動時間，長期下來對健康不是很好。健康是財富，古云：「留得青山在，不怕沒柴燒」，多運動能促進健康，醫學有報導，聰明的你們，應該有讀到這樣的報導。

　　「我愛運動，運動萬歲」這是媽媽樂於分享給我的周遭的朋友，鼓勵我的朋友熱愛運動；現在分享於安安與亮亮。安安亮亮，一週運動至少3次（5次更好），持之有恆，成為生活習慣，這是媽媽對你們的叮嚀。「熱愛運動」是傳家之寶，希望你們擁有它，運動將會是安安與亮亮的人生健康快樂的良友。以〈我愛運動〉的小詩送給安安亮亮；安安亮亮也可以再贈送給你們朋友。

　　〈我愛運動〉
　　運動讓我像一陣風
　　柳條跳舞
　　天空蔚藍海闊
　　輕盈自由
　　運動使我有雙翅膀
　　超越紅塵
　　現實暴風雨中

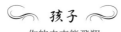
勇敢翔飛

我愛運動如春風吹

百花盛開

生命熱情保鮮

青春詩篇

愛運動的媽媽於台北　2020/06/29

Chapter 06

你可以成爲傑出的人

安安亮亮：

　　每個人只要有決心，有超越力，都可以當傑出的人。美國勵志作家丹·克拉克（Dan Clark）提出一個論點：人要不斷自我超越，去完成來到人間的使命。他說：

　　「我認識美國大學聯盟摔角安東尼·羅伯斯（Anthony Robles），他只有一隻腳，且生長在單親家庭，單親媽媽獨力扶養他。他的母親鼓勵他，不可放棄自己，一定要不斷超越自我。他聽從母親的教導，以一隻腳努力超越，不懼任何摔角比賽，在敵手面前，努力爭取勝利。他終其一生，就是努力爭取，要讓夢成眞，即使痛苦，也無怨忿。爲了達到目標，不斷自我超越，無懼地面對敵手，不在乎可能與否，勝利自己追求，要達到非凡境界。他的不斷自我超越的精神，讓我深深敬愛與仰慕。」

　　安東尼·羅伯斯因媽媽的鼓勵，超越單親家庭限制；超越一隻腳肢體障礙的限制，不斷超越自我，成爲傑出的運動員。

　　安安亮亮，「如何成爲傑出的人？」媽媽提出三點：

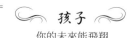
◎認識自己，發掘自己的使命

「假如你很喜歡音樂、畫畫或寫作，為什麼不去追求？假如教學能帶給你滿足感，為什麼不去選擇教職呢？假如你明明比較喜歡戶外活動，而沒那麼喜歡商業財經機構，為什麼不去戶外？你的人生但憑你去開創，要熱情而勇敢地好好把握它。」

以上這段話是世界股王巴菲特兒子彼德‧巴菲特說的。彼德‧巴菲特沒有繼承父親的衣缽，勇敢選擇音樂為他的事業。音樂在美國也是一種很冒險，不被家長看好的行業，彼德‧巴菲特知道自己生命要什麼，他的長才是不同父親在商場上呼風喚雨，是在音樂上，所以他不顧別人的眼光，走音樂這條路。結果，他真的成功了，在美國得到艾美獎，擔任多部暢銷電影的配樂。

日本企業家松下幸之助說：「發掘使命，誠懇而努力，將可通往成功之路。」松下幸之助在創辦電器公司，就有一股使命：要讓自己企業像自來水般廉價，且豐富人類的生活，這個使命使他的企業不斷蒸蒸日上，成了日本企業界的翹楚。

每個人都有自己的天賦命定，你喜歡做什麼？想成為什麼樣專業人士？聖經說：「求你指教我們怎樣數算自己的日子，好叫我們得著智慧的心。」（詩篇90：12）一個人的追求是以智慧的心認識自己，了解自己的天賦與大夢，讓自己選擇合適工作，讓自己夢想得以實現，成為貢獻社會的傑出分子。

◎不斷激勵自己

「我知道你可以成為傑出的人」，這句話是我的良師馬瑞爾對我如此說。他對我的信心，對我的生活有如此巨大的影響。——吉格·吉格樂（Zig Zigler），吉格·吉格樂因良師鼓勵，終使自己成為大眾認識勵志作家，這是他的幸運，同時說明一句鼓勵話語是成功的力量，讓自己逐漸蛻變成為想成為的人。其實人可以成為自己的最大貴人，不斷激勵自己：我可以成為傑出的人。林肯是貧窮的農家子弟，他一心一意要出人頭地，他說：

「我時時刻刻銘記：一定要成功，令人刮目相看。」

由於林肯先生時時刻刻鼓勵自己，一定要成功，令人刮目相看，就因這樣鼓勵自己的話語，日積月累下，所以他有足夠力量自修當了律師，有足夠自信度過他幾次政治競選失敗，終於當上美國的總統。

做自己的貴人；做自己的良師，讓你心中的英雄，每天站在鏡子面前告訴自己：我一定可以成為傑出的人，令人刮目相看！

◎追求卓越

印度諾貝爾作家泰戈爾說：「人生雖只有幾十春秋，但它絕不是夢一般的幻滅，而是有著無窮可歌可頌的深長意義的；附和真理，生命便會得到永生。」泰戈爾是印度偉大詩人，一生都在追求真理而努力，反戰爭，喜歡大自然，傾聽人民的聲音。他將自己生命目標都在高懸在一個

神聖的眞理上，讓自己的文學創作上不斷自突破，爲自己夢想人生鍥而不捨努力。泰戈爾在一生中，因追求卓越，他的文學作品不斷自我超越，精益求精，後來獲得諾貝爾文學獎。

　　史蒂芬遜花了15年時間研究火車機頭，追求卓越，不肯放棄改進的行動。他告訴年輕人：

　　「不達目的，誓不甘休。」

　　很多企業家、藝術家、科學家與傑出專業人士，都是不屈不撓爲心中理想與事業，終其一生追求卓越，奮戰到底。你可以成爲傑出的人，不要小看自己，要看重自己，找到生命的存在意義，時時激勵自己，矢志成功，鍥而不捨追求卓越，終有一日，將令世人刮目相看，擦亮衆人的眼睛。

　　「我知道你可以成爲傑出的人」，送給安安亮亮。

　　　　相信安安亮亮是傑出的人的媽媽　2020/07/06

讓藝術充實你的心靈

安安亮亮：

　　昨日媽媽在教會舞台表演〈我們一起走過風雨〉，這個表演有歌唱與跳舞，大家在舞台揮灑熱情，將完美自己呈現給舞台下的觀眾，在表演結束後；還照相留下美麗鏡頭。今日清晨醒來，媽媽心情很喜悅迎接新的一天來臨。唱歌跳舞原來是人類天性，只是我們把它們忽略了。

　　安安亮亮，媽媽生活在台灣升學主義盛行的時代。媽媽國小五年級，由於在鄉下，天高皇帝遠，學校兩位王牌名師（一位國語，一位數學，都是那領域的專家），在學校成立課後補習班。有參加課後補習班的學生，分成兩個班級，這是校長允許的。這兩個班，除了上了2堂音樂課外，美術與書法課用來加強國語（小學階段的名稱）與數學。根據因果原則，我們這兩班學生在國語與數學的程度是鄰近國小應該最好，因為到國中，就顯現出來。讀國中時代，也是按照成績分班，所謂升學班與放牛班。學校為了給家長一個明確交代：亮眼升學率——考上高中或頂尖專科學校，於是對升學班學生，不斷讀書再讀書；考試再考試；為了亮眼升學率，所以藝術是無用，挪用來考試或

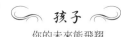
加強數學課。媽媽就是這樣升學主義濃厚下長大好學生。

　　媽媽是升學主義長大好學生，除了小學時代熱愛看童話與偉人傳記與在堂兄姊妹田間玩得不亦樂乎是快樂回憶外，國中過多考試並隔絕藝術的升學教育下，媽媽很緊張且身心靈桎梏。自己因過分重視學校名次，身心靈陷入焦慮，有時緊張得手發抖（這樣後遺症纏繞我非常多年，付出很大代價）。過分重視名次，常會無形中進入高學歷追逐遊戲。媽媽去讀大學，碩士都不是因為我對學術的多熱愛，或滿足對某領域未知熱情；完全是社會的框架產物。媽媽就是這樣重視名次學歷，人際關係疏離；那時很年輕自己覺得自己心靈好年老，沒有跳舞的輕盈，唱歌的輕鬆；生活少了年輕那份熱情自由的飛揚。

　　安安亮亮，藝術是心靈的花朵，散發屬天香氣，讓自己的個性充滿感性、美感與創意。當媽媽不再隔絕藝術，走進藝術天地，媽媽整個人變了，變得很活潑，很愛笑。當媽媽拿起筆畫畫，塗鴉幾個小時，畫得像小孩子，超幼稚的；我還是自得其樂，且有從內在昇起快樂滿足感，覺得生活有踏實感。因喜歡畫畫，這個興趣，使媽媽在大自然中，會開始觀察花朵顏色；樹木枝條形狀；在圖書館閱讀是世界級兒童繪本與畫冊或到展覽會場去品味了解一幅幅藝術創作；這些附帶價值，都為媽媽生活注入生命活泉。當媽媽打開YOUTUBE學唱一首首的歌兒——〈隱形翅膀〉、〈阿刁〉、〈假如愛有天意〉等歌，你發現你在唱時代的歌，與這些人情感連結在一起，你的生活疏離感

就這樣被音符充滿了，你的苦悶你對未來擔憂，在音符中完全不見了，你覺得生活很輕鬆容易。

安安與亮亮，有人問媽媽說：「你為什麼那麼喜歡到教會？」不錯！媽媽真的喜歡去教會。「願他們跳舞讚美祂的名，擊鼓彈琴歌頌祂的名。」（詩篇149：3）媽媽在教會可以唱歌，跳舞，並欣賞台上的彈琴、吉他的樂團敬拜。當媽媽處在充滿藝術的教會環境（布置很多彩明麗），在這不到2個小時中，就是很好藝術的饗宴。生活因這場藝術饗宴，充滿喜笑飛揚與心靈舒暢滿足。日本藝術家岡本太郎說：

「生命本身就是藝術。藝術就是為了找回失去自己。藝術就像每天飲食一樣，是人類維持生命不可或缺，絕對必要東西，甚至可說就是生命。」

安安在大學主修經濟；亮亮是主修資訊工程，雖然你們都不是從事藝術工作，媽媽鼓勵你們在休閒時候，讓音樂人文藝術充實你們的心靈。因為生命本身就是藝術，你們若隔絕藝術，你們會隱約覺得生活少了什麼；個性變得無趣；你們會容易陷入到世俗框架裡，找不到真實自己。

現在因工作壓力與競爭或網路發達，常陷入一片陰暗苦澀中，讓藝術充實心靈是甚好的生活面對方式。藝術治療是很多精神科醫師所重視的，自閉症的小孩在音樂畫畫中，展現一個活躍燦爛的自己。梵谷的精神科醫師在梵谷住在精神療養院時，他的醫師開的藥物：提供畫紙與畫畫顏料，讓梵谷畫畫。愛因斯坦是科學家，他愛拉的小提琴

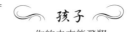
放鬆自己；邱吉爾是政治家，他也抽空繪畫，他的畫畫水
準是專家哦。

　　安安亮亮，認真工作令媽媽讚賞，但別忘了「生活就
是藝術」，適度在假期以藝術充實心靈，你們將擁有自由
多彩的美感生活。媽媽雖然很忙碌（寫作畫畫），仍報名
教會的舞蹈班，讓一週2小時跳舞帶給媽媽另一種藝術的薰
陶，還可以上台表演；原來生活是可以如此豐富多彩。以
下的小詩是媽媽的話，請聽：

　　〈唱歌跳舞多快樂〉
　　唱歌跳舞是生活泉源
　　是沙漠的玫瑰
　　在天地位置
　　找到很快樂的自己
　　我唱歌你跳舞走過沙漠
　　拋開一切煩惱變成甘霖
　　唱歌跳舞是生命的天使
　　是死亡的剋星
　　在悲傷大海
　　聽到永恆母親呼喚

　　　　　　　　　　愛藝術的媽媽於台北　2020/07/13

心存正確信仰與思考

安安亮亮：

　　媽媽今天要分享是人生很重要的一件事：心存正確信仰與思考。正確的思考會讓你發揮你們的才華，知道這一生中追求什麼，身心靈平靜安穩，有從內心發出的滿足的快樂。

　　美國有名歌者貓王在未成名之前有三個追求：金錢、名聲與快樂。當他成了家喻戶曉的歌星，擁有金錢與名聲，卻不快樂。在他去世前6個禮拜接受訪問，記者問他，「你快樂嗎？」貓王回答：

　　「我不快樂。我現在就跟死人一樣寂寞。」

　　安安與亮亮，你們聽見貓王這樣的回答，會不會嚇一跳。貓王如此有名有錢，怎麼還會不快樂？

　　安安亮亮，當你們知道美國那位富豪跑到賭城賭博後，舉槍射殺了50人，然後自盡；為這個慘案悲劇感到怵目驚心，你們驚嚇到一連串為什麼在腦海中。人的一生究竟在追求什麼？是金錢嗎？是名聲嗎？為什麼那麼多有錢人仍然非常寂寞不快樂。這位富豪究竟在想什麼？他的思考是不是充滿很多負面的思考？

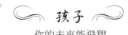

　　安安與亮亮，「建立幸福的家」是人生重要的夢，你們大概聽過媽媽這樣說無數次了。家是人間的避難所，是人們心靈流浪遠方，回歸的地方。過去媽媽因追求遠方的夢，沒有多花時間在你們未來藍圖規畫上，盡心盡力栽培你們，這是媽媽愧疚地方。所以，現在媽媽想要彌補過去，所以常常寫信給你們，就是希望盡到傳承好思考的媽媽責任。

　　安安亮亮，你們有看過高更的畫嗎？高更有一幅畫是對生命提問：「我們從何處來？我們是什麼？我們往何處去？」在人生的追求上，安安亮亮，媽媽也是很徬徨迷惘過，經過這30多年追求，最近這幾年來，媽媽發現有好生命的信仰實在太重要了；而這好信仰會帶來在人正確的思考，也許你們就不會如高更拋家棄子女，自己單獨到大溪地畫畫，會承擔對家的責任，家庭幸福，畫面呈現全家福的圓滿。高更最後是一個人孤獨死去的，不是在兒女的懷念下離去的。

　　安安與亮亮，媽媽認為：「一個好的信仰會讓你找到自己的存在思考意義。」這存在意義會發出巨大磅礴的力量，讓你在一生中有方向燈照亮指引。中國文學家林語堂先生在晚年也一篇信仰之旅，他寫到自己一直篤信老莊清靜無為的道家思想，並接觸基督、佛學、儒家思想與民間信仰；在生命旅途走來，晚年他選擇基督信仰。林語堂先生說：

　　「耶穌的世界和任何國家的聖人、哲學家及一切學者

比較起來，是陽光之下的世界。太陽升起，所有的燈光都可以吹熄。」

安安與亮亮，林語堂是中國很有名的文學家，媽媽很欣賞喜歡的作家。媽媽會舉林語堂的追求信仰的例子，是因媽媽同意他的說法。媽媽從小生長在多神教的民間信仰裡，是拜拜的文化信仰。媽媽曾皈依佛，有很要好知己出家渝師父，她曾經抱過你們，看過你們，我們兩人無所不談，她常說，她若是佛印，我就是蘇東坡。後來渝師父在50歲去世了，媽媽很難過悲傷，她是媽媽生命重要的知己之一。媽媽在國外讀書腳踏兩條船，同時到教會與一貫道3年，在人生尋尋覓覓，媽媽就是想要找到好信仰為人生的方向燈。很喜悅且共鳴：媽媽的信仰之旅與自己喜愛的林語堂作家是相同，最後我的好信仰是耶穌世界是陽光的世界，神是光，神是愛。

安安與亮亮，媽媽今天清晨靈修讀到喬伊絲・邁爾在《你可以重新開始》說：

「無論過去的你曾經什麼樣的失敗，神要告訴你，祂大過你生命中所有巨人，你可以重新開始，擁有美好的未來。你是獨一無二的，你極其寶貴，非常有價值。」

安安與亮亮，今後你遇到什麼事，也許不對的人讓你失敗；或你的錯誤思考讓你失敗，或環境讓你失敗；人生充滿挑戰，失敗乃是兵家常事，在面對失敗中，你們要告訴自己：「我是獨一無二，我可以重新開始。」如林來瘋以前的林書豪，在面對冷板凳的長期等候期間，他以「患

難生忍耐，忍耐生老練，老練生盼望，盼望不至於羞恥」
（羅馬書5：4）鼓勵自己，這是他的正確思考，在他不被
重視，或打球打輸了，仍然龐大的希望溢滿林書豪心中。
林書豪渾身散發出好信仰在他身上的光芒，照耀多少孩童
與年輕人的心啊。

　　安安與亮亮，很多偉人在高山低谷，正確思考依然讓
他們唱首新歌，如一首英雄詩歌的進行式。安安亮亮時時
接觸偉大的心靈，閱讀聖經與好書，培養自己正確的人生
觀。安安與亮亮，你們未來天空有無限可能的創造，你們
是人間的希望，這世界因你們更加璀璨美好。媽媽以以下
這首小詩表達媽媽對你們的滿滿的祝福。

　　〈你是一首希望的歌〉
　　你是人間小太陽，
　　像朵向日葵開放在
　　人們的心田
　　你，突破自我歌詠
　　希望
　　空虛心靈綻放金黃花朵
　　未來天空揮灑璀璨色彩
　　你是雨後七彩虹
　　如幅天堂畫揮灑於
　　人們的眼光

你，穿越烏雲歌唱

無限

愛寫小詩的媽媽於台北　2020/07/27

父愛是生命之水

安安亮亮：

　　這星期六是8月8日（2020年），是父親節，所以媽媽為文，分享媽媽父親（你們外祖父）與你們爸爸的愛；「父愛是水」（高爾基，俄國作家），是人生中必備的聖品，永遠滋潤人心，鼓勵孩子的心。

　　媽媽是生長在彰化縣福興鄉，那是一個偏僻的地方。彰化鄉下一向是重男輕女的，所以媽媽住著村莊裡，女生一國小畢業都去當女工，貼補家用。雖然媽媽國小畢業是全校十名內，還是到工廠當女工。到國中開學一個月後，某個晚上，媽媽想到國小那些成績好的同學都一個一個上國中，只有媽媽一人在當女工，在那個晚上，忍不住掉淚。媽媽哭著告訴外婆：「我要去讀國中。」外婆很為難，因為種田人家，要栽培兩個兒子讀大學已經不容易了，收成不好，還要跟親友鄰居借錢來繳兒子的註冊費。「老么是女兒，以後要嫁出去，還要栽培嗎？」外婆應該這樣想的。

　　外婆的心是愛孩子的，她看媽媽哭要讀國中，不忍心，就告訴媽媽：「如果你的阿爸願意讓你讀國中，阿母

也願意。」安安亮亮，媽媽很感謝你們外公。外祖父一聽我那麼渴望讀國中，很明快答應了，他們願意再辛苦耕種，來栽培最小的女兒讀冊。媽媽在外公支持下，終於在開學國中一個月後，脫去女工漂亮衣服，還留著赫本頭，穿著學生制服，騎著腳踏車快樂上學去。安安與亮亮，如果外公還是如鄉下人重男輕女，不讓媽媽去讀國中，媽媽說不定就只有國小的學歷，在鄉下過一生。媽媽在外公外婆支持下讀國中考上師專，後來到台北教書，認識你們的爸爸。媽媽的一生因外公支持媽媽讀國中，這個支持是媽媽命運的轉捩點，媽媽後來讀師專；插班大學；讀到碩士畢業；所以媽媽回首外公的愛，到如今媽媽仍感念著。

安安與亮亮，現在我要提到你們的父親。媽媽個性浪漫天馬行空，喜歡閱讀不愛做家事；常常很粗心迷糊。你們父親是位標準愛家的人。他很有責任感，一向認眞工作，以穩定收入來支撐一個家。爸爸不會亂投資，他不會讓家的金錢忽然短少了，所以你們爸爸守護的家雖沒有大富大貴，媽媽從來不用爲錢東奔西走傷腦筋。爸爸做事細心，個性溫和；彌補媽媽的粗心與愛花脾氣，所以安安與亮亮的家在爸媽個性互補下，總是和諧有笑聲。

安安與亮亮，你們父親是位願意幫忙做家事的爸爸。你們爸爸在你們小時候剛出生多久後，媽媽不太敢爲你們洗澡，細心爸爸就接手爲你們洗澡工作，直到你們可以自己洗澡。爸爸與媽媽結婚將近三十年，家裡的買菜與買東西，幾乎都是你爸爸一手包辦，媽媽在家負責三餐料理就

好；偶爾爸爸還會星期日下廚，讓大家嘗鮮（由別於媽媽的料理），這就是你們爸爸——「很願意為家分擔妻子家務事的丈夫，為一個安穩幸福的家，沒有大男人主義；沒有很高的架子，永遠身段柔軟，脾氣溫良呵護妻子與一對兒女的人。」

安安與亮亮，在你們讀大學選擇科系，你們知道要找爸爸討論。在修理電器或遇到生活難題，你們都知道要找爸爸解決，因為爸爸是我們口中「大博士」，一位頭腦靈敏，擅長處理難搞的事的大家長；所以爸爸一直是安安與亮亮的穩定力量。香港著名企業女作家梁鳳儀說：

「恐懼時，父愛是一塊踏腳的石；黑暗時，父愛是一盞照明的燈；枯竭時，父愛是一灣生命之水；努力時，父愛是精神上的支柱；成功時，父愛又是鼓勵與警鐘。」

梁鳳儀這番話說到媽媽的心坎裡，外公對媽媽的愛，就是媽媽一生的精神支柱，成功時，我想到父親對我升學讀書的支持，歸功於父親；失敗時，媽媽想到外公的愛，我就沒有理由自我放棄，讓自己爸爸傷心垂淚。恭喜安安與亮亮有位守護你們，默默如燈照亮你們的好爸爸，你們大可邁開腳步，努力往前開創你們的平安順利與有光亮的未來。

安安與亮亮，父親的愛是生命之水，「他必使父親的心轉向兒女，兒女的心轉向父親，免得我來咒詛遍地。」（瑪拉基書4：6）這生命之水從天澆灌下來，來祝福大地；兒女有父愛知道怎樣建立幸福的家。

　　最後以此小詩爲本文祝福天下父親，父親很偉大，父愛是生命之水。

〈父愛是生命之水〉
父愛是生命之水
沒有水喝
永遠沒有我
父愛是生命之水
人間甘露
我生命的原鄉
父親啊，生命之水
澆灌孩子幼苗
後來孩子成了大樹
父愛是生命之水
代代傳承喝了
家園茂盛欣欣向榮

　　　　　　　　愛你們的媽媽於台北　2020/08/03

自我肯定，做個有價值的人

安安亮亮：

　　媽媽今天要與你們分享是：自我肯定，做個有價值的人。爲什麼媽媽要分享這個主題，主要是媽媽過去是一個「自我形象低落」的人，喪失很多磨練自己的機會。

　　安安與亮亮，媽媽現在告訴你們過去的媽媽是如何無法自我肯定，以致沒有活出自我價值感。以前媽媽當學生，常常覺得自己是灰姑娘，身高不到160公分；體重超過50公斤，覺得自己外表形像：胖胖醜醜的。媽媽對自己外表不太有信心，影響媽媽的交友觀，媽媽甚少參加聯誼活動。由於媽媽對自己的外表沒有信心，對任何要當班長之類幹部，都盡量拒絕；在人群表演跳舞或歌唱或演講總是畏縮膽怯，缺乏大將之風。人越是對自己無法肯定，所展現的能力會不到潛能百分之一，看起來笨拙軟弱；越是笨拙軟弱越是退縮在自己安全地帶，總是在自己孤島裡，生命成長就停滯不前——這就是媽媽整個青春時期的寫照。

　　媽媽結婚多年，有安安與亮亮後，打開相簿，看見青春年華的自己，「還滿清秀端正啊」，我心頭真的如此說。我不明白爲何以前自己就是不滿意自己的外表。後

來媽媽閱讀聖經知道人的出生是「神就照著自己的形像造人，乃是照著他的形像造男造女。神賜福給他們……。」（創世紀1：27~28）每個人既被生在世界上，必有生存的寶貝，天生我材必有用，且神會賜福我們，讓我們能展現內在神性能力，不但養活自己，且成為別人的祝福。不管你的身高如何，五官如何，出身背景如何，從事什麼工作，人身上流著神高貴的血統，每個人的出生必有一番任務與命定，是要成就有價值的一生。媽媽有了聖經教導及後來成長體悟，媽媽終於甩掉自我形像的卑微心裡，正朝著媽媽心中的新夢努力，期待自己活出榮耀美麗的人生。

台灣知名潛能整合專家盧蘇偉，小時候因腦膜炎的緣故，讀了啟智班與特殊教育班。在家人支持與自己對自己肯定下，花了7年，重考5次，才考上大學。在大二才發現自己對邏輯與分析有特別天分，大受鼓舞，在自己看見天才後，肯定自己長處與價值下，不但以優異成績從大學畢業，還考上高考司法行政觀護人科，成了輔導專家。他寫一本書《相信自己，你最棒》，這是他自身經驗，有感而發所寫。他希望透過自身例子，勉勵所有讀者，一定要自我肯定，發現自己的優勢與天分，才能活出精彩成功的自我。

安安是位心中有愛的人，從小樂於助人，人群互動良好；且從很好大學畢業；亮亮是位天資聰穎，反應靈敏，所讀是資訊工程，著重思考與研究。你們有你們優勢長處，所以一定對自己未來要有信心。感謝神，你們有端正

五官，健全身體，即使安安身高沒有160公分；亮亮沒有170公分，這都無損於你們內在潛能價值。你們在上帝眼光中，是祂的愛子，喜悅兒女，你們的無限潛能等待你們去開發，找到自己活著的意義與價值，你們會覺得自己存在是被看重；宇宙間有個無形的力量要大大賜福於安安與亮亮。

　　科學家愛因斯坦說：「不要試圖去做一個成功的人，要努力成為一個有價值的人。」對！人在一生中要努力做個有價值的人。安安與亮亮在自我肯定後，如何做個有價值的人？媽媽認為選擇一份合適自己的工作，在自己位置發光發熱。日本漫畫家柳瀨嵩說：

　　「平凡之舉，只要持續個幾十年，微不足道的小事只要不斷累積，在平凡的事物，都有可能創造出不平凡的結果。」

　　人在一生中選擇自己所愛，終究一生去努力實踐，如愛因斯坦於科學；柳瀨嵩於漫畫；家庭主婦於幸福家等等，平凡之舉，平凡之職業，持續幾十年努力，必成為你位置的發光者，照亮人間的有價值人。安安與亮亮，相信自己，你們是最閃亮寶貝，媽媽看好你們喔！最後以小詩為禮物贈送你們，希望你們喜愛保存。

　　〈點亮未來之屋〉
　　你是黑暗的星辰
　　照耀存在

帶著天命來到世界

要在孤山冰原險境

指引光芒

你不斷自我超越

不甘平庸

江山大氣磅礴畫著

多少時代英雄

正點亮未來之屋

燦爛輝煌

相信你們未來不是夢的媽媽2020/08/24

Chapter 11

上哈佛眞正學到的

安安亮亮：

今天媽媽要跟你分享一本書《上哈佛眞正學到的事》，媽媽閱讀這本書後，收穫甚多，證明一本好書，帶來思想光芒力量。

《上哈佛眞正學到的事》作者姜仁仙是在當記者10年後，在公司資助下，1999年到哈佛求學，2000年取得碩士學位。在1年求學中，她發揮記者敏銳觀察力，將在哈佛求學的生活所獲得體悟，寫出來，媽媽將與你有關分享於3項於你們：

◎哈佛有訂出「思想自由，但生活嚴謹」兩種無法並立的目標

哈佛學生作業非常多，教授要求嚴格，希望學生積極參與討論，並要提出個人獨立的思考見解。作業多如牛毛，所以要著重生活管理，時間的分配。作者提到她的韓國學長，生活計畫表詳列每天時間安排，讀書作業休閒，時間分割很細，還包括三餐。藉著「思想自由與生活嚴謹」培養哈佛人均衡自我管理，體力與耐力。

◎除了讀書之外，至少還要有一項積極投入課外活動

哈佛人會讀書是必然的，但哈佛人不是書呆子，課外活動與服務活動一樣如功課重要，至少有一項課外活動去服務去付出。這使我想到林書豪是畢業哈佛，當他是NBA的籃球明星，在他打籃球工作之餘，一樣如哈佛人去做公益的事。

◎學習外國語

姜仁仙說：「學習外語是辛苦一時，而回報卻是一輩子。有人回顧大學時期，感到最後悔的事，就是沒多學外語。」姜仁仙本身是韓國外交系研究所畢業，擔任美國華盛頓特派員，後來進入哈佛這樣頂尖一流大學就讀，在她一年的學習，有很深的感觸與發現：外國語實在重要啊。多學一項外語，對自己成為地球村一分子是一大利器。

以上是媽媽分享這本書於安安與亮亮。除了聖經必讀外，媽媽主張每個人一週至少有幾個小時的時間閱讀自己有益的書籍。所以安安與亮亮，要養成讀好書的習慣。媽媽最近擬定計畫，一週至少去圖書館一次。如果真的很忙，也要去圖書館借幾本書在家閱讀。每次媽媽閱讀繪本與心靈勵志書籍後，媽媽寫作與畫畫又增加一些靈感與創意。

洛克菲勒（Rockfler）說：「每一個達到高峰或快達到高峰的一流人物都是積極的。他們之所以積極，是因

　　爲他們以定期良好、清潔、有力的積極精神思想，來充實心靈。」開卷有益，曾經在哈佛讀一年的張忠謀先生，在他領導台積電日理萬機時，仍手不釋卷去尋求企業成功之道。台積電的半導體在世界有高峰亮眼的表現，應該是張忠謀不斷定期閱讀書籍。

　　另外除了讀書或工作外，至少要投入一項課外活動。安安與亮亮，你們現在都有一份工作，在星期六、日，就投入教會的活動。教會活動是一種人際的接觸，且有很多服務的機會；關懷別人都是人生重要事，哈佛人被要求，你們也如哈佛人要求自己有一項課外活動，自立立人，己達達人。

　　學習外語於21世紀是很重要。因爲網路使地球各國來往更迅速密切，誰多精通一項外語都是對自己生涯發展有很大幫助。媽媽老大不小，離開學校甚久，3年前每天撥出半小時學英文，3年後的今天，媽媽有發覺自己英文在進步中。媽媽加強英文跟自己生涯計畫有關。

　　安安與亮亮，很抱歉，媽媽以前在你們讀高中以前，沒有好好特別注重加強你們的英文學習，也沒有機會讓你們出國當交換學生，以致讓你們沒有英文的優勢，這是媽媽的遺憾。安安與亮亮，即使如此，但學習永遠不會太遲，只要每天撥出時間加強，日積月累，堅持學習十年，我相信「英文會被你們堅持學習」而感動，成爲你們的好朋友，你們英文必日益進步，聽說讀寫都流利暢達。媽媽也在學英文喔，我們一起喊聲加油，英文是好天使，英文

是我們的好朋友。

「上哈佛真正學到的……」，請安安與亮亮把自己當哈佛人（媽媽也是如此把自己當作哈佛人），如果沒有自信，我們就請天父幫助我們。因為我們是天父眼中的瞳人，君尊的祭司，我們地位比天使小些。耶穌勉勵我們：「我所做的事，信我的人也要做，並且要做比這更大的事。」（約翰福音14：12）。哈佛人要做更大的事——會讀書（工作），會投入服務工作，至少精通一項外語，他們都是自我均衡發展，有知識有品格的世界公民。

人生有機會再入優秀學校讀讀書也不錯，如作者工作十年再入哈佛大學讀書一年，將心得寫出來，很多人讀了充實心靈，更新思想；寫武俠小說的金庸先生八十多歲還去讀劍橋大學，都說明學習是一輩子的事，永遠來得及。

愛你們的媽媽　2020/09/07

Chapter 12

比馬龍效應——偉大的期待

安安亮亮：

　　安安與亮亮，「人因夢想而偉大」，是媽媽的口頭，也是媽媽的座右銘。媽媽相信人可以很平平庸庸渾渾噩噩，甚至自甘墮落充滿罪惡過一生；人也可以很崇高偉大，影響無數人過發光發熱的一生，端看自己是否對自己有更宏大更上一層樓的期待。夢想就是你要想成為的最崇高境界，人因這樣的願景努力一生，最後脫凡骨成偉人。

　　昨夜，亮亮說：「人的惡太多，只有少數人可以做到偉大。卽使在教會，也是少數人活出眞正基督徒的生活。」亮亮，對人性本惡提出自己的看法，人類的少數才能成就偉大。媽媽聽了亮亮話語，一時之間不知道怎麼表達自己想法。今晨醒來，我腦海間浮起一個心理學家提出「比馬龍效應」，今日媽媽要分享主題：比馬龍效應——偉大的期待。

　　「比馬龍效應」（Pygmalion Effect）是美國心理學家羅伯特・羅森塔提出的。比馬龍效應的意思，通常指學生被賦予更高期望，他們會表現更好的一種現象。卽一個平庸的學生，因師長適當鼓勵與正向期待，最後有令

人刮目相看的亮眼成就。亮亮說的一點也不錯，我們有本身的惡——壞習慣，黑暗思考與罪性，一直要讓我們往下沉淪；所以我們看大多數人很平庸過一生，不用論斷或批評，確實如此，人不自覺或警醒，天堂與地獄都在寸心間，每天都在此向上或向下。如果有「比馬龍效應」無論來自師長，親人或自己對自己的崇高光明偉大期待，這期待會成為指引燈光，讓人不斷釋放潛能，往前追尋，自我突破，就是要達到壯麗的彼岸。

安安與亮亮，媽媽認為：比馬龍效應的應用：盡可能多接觸成功人物，偉大領袖，與他們做朋友。這就是中國人所謂「近朱者赤，近墨者黑」的道理。史上最暢銷成功勵志的作家拿破崙·希爾說：

「讓偉人塑造你的人生。我從未完全放棄崇拜英雄的習慣。經驗教導我，僅次於真正偉大的，就是效法偉人，盡可能地感覺和行動上接近他們。」

拿破崙·希爾一生訪問500多位成功人物，對於成功人物的行為與精神早就耳熟能詳，且化為行動。在私底下他有隱形心靈智囊團與有形智囊團成為他的「比馬龍效應」——對自己有偉大期待。多接觸成功人物，會提升自己對自己的期待或成功人物對你的勉勵期待，都成為如老鷹飛翔的英雄力量。

美國的石油大王洛克菲勒生長貧寒，當他要工作就業時，就勉勵自己：要進入一流公司，跟一流老闆學習。所以，安安與亮亮，現在你在工作上班，要跟上司做朋友，

因為這個企業至少存活下來，還可以請那麼多員工，必然有成功之道，多接近好領袖，必然在你們感覺與行動上，更加卓越。當你與上司做好朋友，他了解你的優點與才能，必對你有更高期待，委以重任，你的生命格局就被擴大擴張了。

安安與亮亮，盡可能對優秀思想加以閱讀與學習。聖經是出自造物者的話語，造物者對祂所創造出來的兒女都有很高期待：「要生養眾多，治理這地。」（創世紀1：28）對人也有提醒：「黑夜已深，白晝將近。我們就當脫去暗昧的行為，戴上光明的兵器。」（羅馬書13：12），我們讀了聖經，聆聽神的話語後，我們了解造物者的期待與教導，在感覺與行動上更親近這位偉大的造物者的一番聖心。當你被如此期待，劍橋七傑到中國傳教；馬偕博士以27歲到台灣傳教30年；台灣連加恩弟兄生了4個小孩後，還到哈佛大學讀書。造物者的兒女就是如此「生養眾多治理地面」。

很多好的成功勵志書籍都在呈現：「每個人的潛意識都藏著一股足以創造奇蹟的力量。現在就下定決心，讓你的生活比以前更豐富、更宏大、更上一層樓。」多閱讀勵志書籍，作者的勉勵會成為你對自己的期待。多閱讀勵志心靈書籍外，多參加對自己有幫助的研討會，與興趣的社團，在那兒都有很多成功人士，他們是學習對象，形成自己更高期待。

安安與亮亮每天宣告：自己要成為的人；想成就的偉

大夢想。以比馬龍效應來說，我們是自己的老師，老師對內在小孩說：你很天才，有無限潛力；靠著那加給你的力量凡事都能做（腓立比書4：13）；你可以成為科學家，企業家，醫生，發明家，教師，藝術工作者或有錢人等等。我們是自己老師，對內在小孩軟弱與害怕不加以理會，我們就是以言語宣告我們壯麗的江山與富足的肥土與春秋事業，相信這樣會讓我們棄惡揚善，不斷壯大與偉大。正如心靈學家珍娜維弗·貝倫德（Genevieve Behrend）說：

「人是思想的結果。提出要求時，相信你已有所得，那麼你必有所得。你是造物者的繼承人，上帝給了你一切，一切都屬於你。你宣告自己擁有王者般的力量。對於所有不想要的現象，就拒絕與它們產生關聯。」

安安與亮亮，人是思想的產物。「比馬龍效應」就是一種正確思想的期待產物，有一番偉大成就；反之，人若認為自己會貧窮會平庸過一生，他們的悲觀思想也呈現悲慘平凡生活。媽再次叮嚀，對自己光明偉大的期待，對於所有不想要的罪與惡，拒絕產生關聯。文末，媽媽以小詩〈偉大的期待〉於你們，寫出一位天下媽媽的內在心情。

〈偉大的期待〉
你偉大的心像黎明的光
暗昧有罪的行為被覆蓋
為大地穿上璀璨新裝
更壯麗的春秋大業在

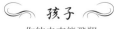

孩子
你的未來能飛翔

陽光下展示
你一生充滿平安順利的祝福
你看見光明閃亮的未來圖畫
就讓你這麼宣告吧：
你是偉大北極星
帶眾人走過迷失的長夜
正確指引的光越照越明
新今天招手

愛寫小詩的媽媽 2020/09/14

養成讀世界好書的習慣

安安亮亮：

安安與亮亮，那天我在跟琪琪阿姨聊天，我好像分享自己在人生低谷奮起爬上來到青草地，最主要感謝小時候閱讀的《世界偉人傳記》與圖書館的皮爾博士等心靈作家所寫激勵人心故事。這些閱讀中的人物故事，在媽媽心靈豎立英雄身影的標竿，產生往上跳躍力量。琪琪阿姨是很喜歡閱讀好書的人，所以媽媽自然分享於她，琪琪阿姨聽聽媽媽敘述分享，點頭會心微笑。

21世紀是網路時代，電腦網路，line群組，微信、臉書，微博已經走進生活裡。在台北捷運車廂裡，時常看見男女老少都低頭滑手機；看書的人微乎其微。網路越發達時代，人們已經習慣於速成的感官文化，這速成感官文化讓自己內涵沉浸一個庸俗價值觀，沒有深度思考，被牽著鼻子走的潮流裡。安安與亮亮，媽媽今日要分享主題：養成閱讀世界好書的習慣。

安安與亮亮，為什麼要養成閱讀世界好書習慣？洛克菲勒（美國頂尖企業家）在他寫給孩子家書說：

「讀書是磨練經營手腕的捷徑。如果你花一定時間與

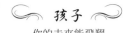
耐力閱讀的話，跟從不讀書的同儕比起來，會站在相當有利的起點上。」

安安與亮亮，洛克菲勒是19世紀的全球首富企業家，在他這麼繁忙的大事業上，他仍然強調「讀好書」的重要，在他寫給兒子小約翰家書，他介紹10本必讀好書於兒子。範圍從《大英百科全書》、《昂首闊步廣告業》到《成為人生的贏家》等書。一位世界級首富，還是那麼注重讀好書，還希望自己子女養成讀好書習慣，讓書中的前人智慧能夠成為事業的軍師，讓事業立於不敗之地。媽媽認為洛克菲勒家族至今富超過六代，「讀好書」應是他們家族傳家之寶之一。

安安與亮亮，人的時間有限，扣掉工作與家務事，所剩下黃金時間又浪費於網路上黑色報導與電視肥皂劇，實在可惜。所以媽媽提出要養成閱讀世界好書的習慣。一個人能夠養成閱讀世界好書，那是培養世界胸襟的門徑，你們閱讀世界好書，等於跟世界精英為心靈的好友，在心靈天地促膝長談，你們眼光是遍及宇宙山河大地，日積月累閱讀好書，你慢慢養成你的宏偉世界觀。

媽媽小時候讀《安徒生童話》、《格林童話》與青少年閱讀《飄》、《刺鳥》及現在讀心靈書籍《思考致富的聖經》、《失落的幸福經典》、《世界繪本》等等，都是世界好書，陪伴媽媽走過春夏秋冬，這些書籍分別在媽媽灰色生命階段，如一盞夜裡的燈，照亮媽媽陰暗的心靈，在漆黑的旅程發光前進。

哈佛大學校長伊里歐博士說：

「任何人如果養成每天讀10分鐘『有益的書』的習慣，20年後，思想和學問必有大改進。」

每天10分鐘讀有益的書，20年後就在思想與學問更上一層樓，這位前哈佛大學校長提醒：讀書不是一天曬網，三天休息的態度；而是每天要做的事，持續20年甚至更久。安安與亮亮，你們都是算愛看書買書的人，這是很棒的，但看好書習慣要刻意養成。媽媽從亮亮買的一本書《原子習慣》（作者詹姆斯·克利爾）所說：「你的一點小改變，將會產生複利效應，如滾雪球般，帶來豐碩的人生成果。」小改變就是原子習慣。

聖經是世界好書之一，至今是世界暢銷好書之一，是媽媽黎明閱讀的世界好書，成為一天的靈糧，更有力量面對一天。安安與亮亮若能每天讀聖經10分鐘，持續20年，你們將成為有智慧的人，在人生如「義人要發旺如棕樹，生長如黎巴嫩的香柏樹。」（詩92：12）

祝福安安與亮亮讀世界好書，成為卓越的世界公民。

愛閱讀的媽媽於台北　2020/09/21

如何避免樹敵，增加好友

安安亮亮：

　　今天是2020年9月28日，台北的天氣下著雨，秋雨秋風秋冷。在寒秋裡清晨，媽媽要談「「如何避免樹敵，增加好友」主題。泰戈爾詩人云：「完美並不孤行，身邊總有眾緣相隨」，完美的人要避免樹敵，增加好友相隨，一起踏上尋夢人生旅程。

　　安安與亮亮，媽媽認為在人生有很多好朋友，容易在生活快樂有力量；反之樹立很多敵人，生活天空飄來幾朵烏雲，遮蔽生命太陽光明。安安與亮亮，「如何避免樹敵，增加好友？」媽媽從過去經驗與閱讀，茲提供人與人之間互動的3個良方：

◎不要在眾人面前反駁他的觀點

　　安安與亮亮，每個人觀點都不同，尤其政治宗教或做事方法不同；當他在眾人面前談他的觀點做法，你要靜靜地聽，即使對方論點你無法苟同，你也不要在眾人面前反駁他的觀點，你的反駁無法顯明你的聰明，反而得罪他不知，也是樹敵方式。

　　美國科學家暨作家富蘭克林說：「我替自己定了一條規矩，絕不直接反駁任何人的觀點，也不對自己見解做任何確定性的斷言。」富蘭克林是美國人，一位很受愛戴尊敬的科學家與作家，他的外交工作也做得相當成功，主要歸功他的絕不直接反駁他人的觀點，也不願意堅持自己見解有多正確，非常的有彈性言詞。

　　安安與亮亮，我們常常急的表達自己的想法，沒有想太多就脫口而出在眾人面前，反駁主持人（長官）的觀點而不自知，讓主持人（長官）心裡不是滋味。如果這個主持人（長官）大肚能容，接納你的獨特見解就好；若他無法接受你的反駁，可想而知，之後你們的互動就留下一些心結。戴爾‧卡內基說的好：「尊重別人的意見，永遠不要說：『你是錯誤的』。」

◎向討厭的人說謝謝，及接受道歉

　　日本心理諮商師石原加受子說：「向討厭的人說謝。」安安與亮亮，在職場上一定會有你討厭的人或害怕的人，如果你越用否定的觀點去理解他的行為，你就會活得越來越痛苦。如果對方幫你的忙，你要對事不對人，向他表達謝意。感恩能量大。

　　安安與亮亮，當一位討厭的人聽到你表達謝意，當你釋放善意，至少你們之間關係不會惡化，說不定一句真誠謝謝，帶來彼此有溝通聊天的機會，化敵為友。倘若一位討厭人幫你的忙，連一句說謝謝的話都不願說，久而久

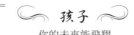

之，這位你討厭的人可能就成為你揮之不去夢魘，甚至是批評中傷的敵人。

　　安安與亮亮，如果有人不小心得罪你，做了一些不可理喻的事，當他用電話或手機或line向你道歉，你要接受對方的道歉。聖經云：「你們饒恕人的過犯，你們天父也必饒恕你們的過犯。」（馬太福音6：14）幾日前，媽媽的晚輩打一通道歉的電話，很誠懇說出她當時不該這樣說話，傷了媽媽的自尊心。由於晚輩的誠懇，媽媽就接受她的道歉，我們不連絡將近一年，媽媽接受她的道歉，自己心裡也是很開懷，因為又多了一位朋友了。

◎要常常將對方好說出來

　　安安與亮亮，美國心理學家威廉‧詹姆斯說：「人類天性中最深層的本質就是渴望受到別人的讚揚。」嘴巴要甜，對於上司、同事或晚輩或朋友，只要對方表現好的地方，你都可以大大讚揚一番，相信你的讚揚對你是一種莫大的肯定且鼓勵，不是討好或奉承。戴爾‧卡內基在《人性的弱點》說：

　　「我們每一個人都希望得到他人的欣賞和重視，甚至到了會不顧一切，什麼事都願意做的地步。」

　　安安與亮亮，中國人有一句名言：「女為悅己者容，士為知己死。」人一旦受到重視，真的會全力以赴將事情做到完美成功，且把你當成知心的好朋友。由於你的不吝真心的讚揚，朋友真的無形就增加了。媽媽分享媽媽一輩

子的好朋友——香香阿姨，我們剛開始只是萍水相逢普通朋友，偶爾簡訊連絡一下。後來香香阿姨嘴巴很甜，只要媽媽有什麼表現好的地方，如寫一篇文章內容算中肯豐富或畫一幅有特色的塗鴉，香香阿姨總是及時對媽媽讚揚一番，媽媽聽了很受鼓勵，漸漸我們從普通朋友到感情加溫，幾年後，成為無所不談的心靈知己。所以，安安與亮亮要常常將「你們朋友的好」說出來，要養成習慣。媽媽相信這個說出朋友的好的習慣，會讓朋友心溫度暖暖，且維持長久的情誼。現在香香阿姨人在大陸，媽媽與她還是用微信保持溫暖的互動。

安安與亮亮，增加好朋友；減少敵人是需要人生的智慧，這智慧，媽媽至今還在修學分。「不要在眾人面前反駁他的觀點；常說對不起及接受他人的道歉與常常說出朋友的好」，讓我們一起在社會大學修課，我們一起加油，拿高分。

愛你們的媽媽於台北 2020/9//28

爸爸媽媽的平淡婚姻生活

安安亮亮：

　　時間在過好快，爸爸和媽媽結婚在今天是30年了。媽媽如常準備早餐，爸爸如常上班，太陽依然東昇，日子沒有小說那樣浪漫劇情，但家中所點的燈光，卻是一天明亮的來源。

　　安安與亮亮，媽媽回首30年婚姻生活，有人問媽媽結婚好不好，媽媽會實話實說，結婚好，婚姻使人生更加完整，不再獨居流浪，家是人世中的避難所。婚姻生活是很平淡的，卻平實的。

　　巴法利‧尼克斯說：

　　「婚姻是一本書，第一章寫下詩篇，其餘則是平淡的散文。」

　　媽媽很同意尼克斯的說法。的確，若婚姻是一本書。結婚之前的戀愛與新婚蜜月，是那麼唯美唯情，男女雙方都是詩人，兩人所說的所穿的都是如此完美，是拜倫或雪萊的浪漫詩篇；接著下來每天的現實生活三餐與工作，重覆再重覆，平淡如散文，如果彼此雞蛋中挑骨頭，一直挑剔對方缺點，我想這篇平淡散文會成了令人厭倦的文句，

讀不下去。

安安與亮亮，你們尚未結婚，是工作的年輕人。如果在正確時間，你們都遇到你們心目中最合適的對象，預備要走進婚姻，究竟婚姻生活如何經營？

媽媽分享自己30年婚姻經驗：每天都要讚美另一半。讚美很重要喔！生活真的很平淡，甚至有現實的生活壓力，從租房買房到養兒育女，家家有本難念的經，夫妻若能如聖經云：「丈夫也當照樣愛妻子，如同愛自己的身子。……妻子也當敬重他的丈夫。」（以弗所書5：28、33）敬重與愛加上讚美對方，媽媽認為這樣婚姻會讓人期待與祝福，這樣婚姻下的孩子必定是有個快樂童年。

每天要讚美另一半是幸福婚姻的重要元素。讚美會激發對方的優點。心理學家泰莉‧艾普特說：「婚姻少了相互讚美，是一種痛苦且令人厭倦的夥伴。」在婚姻生活中，媽媽做得最好部分：讚美爸爸。安安與亮亮，爸爸與媽媽個性大大不同，媽媽愛文學藝術，情緒波動很大，脾氣來了，也是一位女權主義，加上媽媽對遠方很嚮往，心中浪漫多過現實；你爸爸學理工很務實不浪漫，凡事要精打細算才可以有無憂未來；那麼不同的兩個人怎麼可以相處30年？主要媽媽嘴巴甜如蜜，時時把你們爸爸的好，說了好多遍，你們爸爸聽了心花朵朵開，彼此不順眼的氣焰就慢慢消失了。

讚美對於平淡婚姻生活，如平淡客廳擺上一盆好花，帶來平淡中甜美滋味。「把你的愛人想像成你理想的伴

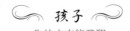

侶，……如果他做了發光的事，你就表揚他。」——羅伯特·科里爾（Robert Collier），媽媽嘴巴甜甜的，常常表揚你們爸爸，如換了客廳的壞掉的燈與修理馬桶或水龍頭（這些媽媽都不會），被表揚的爸爸，就盡心盡意扮演飛俠超人的角色，媽媽輕鬆悠閒哼歌，等待一個圓滿的結果就好。這樣說好話讚美另一半日子，每天在家上演，確實帶來不少快樂的氛圍，兩人就建立令人愉悅的夥伴關係。

　　安安與亮亮，對於結婚不要恐懼，或過分擔憂。人生最美麗的書是擁抱婚姻寫下感動天長地久的散文或詩篇。記得媽媽的話：每天讚美另一半，讚美，會讓平淡散文婚姻，成了一首同心的散文詩篇。

　　　　祝福你們遇見很棒的另一半的媽媽　2020/10/12

Chapter 16

看自己為神的孩子

安安亮亮：

　　你們受造奇妙可畏，出生那一天，其實你們帶著寶貝來人間，要照亮這個地球。

　　安安亮亮是神的的孩子，你知道你是獨一無二，全世界只有一個你，光是這個獨特性，就是你生存最閃耀部分。我是母親，我看我的孩子安安與亮亮，即使他們身高不算高，也不是最好大學畢業，臉蛋也不是精緻光滑，但在我眼中，他們是人群中的明星，我不容許別人貶低安安與亮亮，我默默為安安與亮亮禱告祝福，所以我寫好多信給你們，就是讓你們相信你們是神的孩子，你們出入平安順利；前途璀璨閃亮。

　　「你當仰望耶和華！因他有慈愛，有豐盛的救恩。」（詩篇130：7）你相信這世界真的有一位神，你有一位慈愛的神在保護你，賜福你。當你不再相信達爾文的進化論，人是猴子進化來的，這世界真的有宇宙的無形力量，宇宙有高能；你是神的孩子，神把你看為至尊寶貝，有困難就呼求祂，祂必在暗處幫助你；這樣的思維會讓你看重自己，珍愛自己；不再自甘墮落。

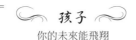
　　好來塢媒體溝通教練龐傑斯（Jess Ponce）說：「我們都是明星。你值得被世界看見。展現最好的你，勇敢地走出去，盡情做自己，閃耀獨一無二的你。」當我們看見電視或電影銀幕上的明星，那麼閃耀亮麗，其實他們透過化妝與鏡頭角度展現他們最美最帥的自我。我們都有自己獨特的鏡頭，只是我們因自卑將這個遺漏了。你看！嬰兒多麼純真可愛，兒童多麼自信笑容，展現神子的風采。反而長大後，因做錯譴責自己；因錯誤失敗事件看輕自己，我們失去明星的光澤與神子的尊貴，我們背駝著，不再談論什麼偉大的理想，就是一天過一天。

　　林肯媽媽從小告訴林肯：「你將成為偉人，因為你是神的孩子。」這樣的話語使林肯不管歷經選舉失敗，多少政敵言語的攻擊，他依然安然度過，不損他偉大政治家的格局，只因林肯相信自己是神的孩子，只要尊崇人類的愛，最後必會戴上冠冕。林肯心中有一幅全人類，不分膚色，不分國籍都是上天的孩子，人生而高貴平等的圖畫在他心中。我寫這篇時，就看見林肯的心靈圖畫了。

　　在新冠狀肺炎嚴重期間，line群組傳來一位小女孩為所有人禱告，禱告文純真，充滿感恩與讚美，撫慰多少人的心。其實每個人的內心都住著安琪拉的天使，我們有純真的良善，有顆愛人的心。每天抽出一段安靜的時間對於積極思想進行研習，常常浸入公正良善聖潔與美德思考，你會發現你原來就是上天之子，充滿能力，你會去開發自己；會勇於面對挑戰，你是那麼閃耀明亮，天生注定成

功，要服務人群，愛著人群。

以泰戈爾的詩句祝福你：

「我把心靈之瓶浸入這寧靜時刻，

汲滿了整整一瓶的愛。」

愛你們的媽媽於台北 2020/10/26

Chapter 17

幫助別人等於幫助自己

安安亮亮：

　　你們有閱讀過「贈人玫瑰，手有餘香」這個佳句嗎？媽媽昨日就是做了一件很芬芳的事——為教會我所隸屬A3牧區照相，回來整理3個多小時，傳給A3牧區曉雲區督。昨日（2020/8/30）下午是很忙碌有意義的下午，到現在我還很興奮，心裡仍有一張又一張的發亮的照片，閃現在眼前。

　　當媽媽知道曉雲區督要凝聚A3牧區的向心力，特別舉辦海霸王餐廳聚餐。除了教會的姊妹弟兄外，新朋友與家屬都可以參加。媽媽報名參加這個聚餐。在上週，剛好遇見曉雲區督，就問她：「8月30日的海霸王聚餐，有什麼需要幫忙地方？」曉雲區督想了一下說：「那你就負責為大家照相好了。」媽媽點點頭。當時媽媽以為參加應該幾桌而已，為幾桌照相。

　　這次幫忙A3牧區照相，海霸王餐廳中午聚餐竟高達18桌，滿滿都是人，有大人小孩，親屬與朋友，每桌都坐滿10人，我坐在聚餐的第18桌，心裡滴咕著：

　　「我平日只為小組照相，加上我容易緊張，一緊張手

還會發抖……；我今日要去每桌照相，18桌，望過去，人山人海，場面實在浩大……哇！怎麼辦？」

「想到這麼多人要等我去照相，腳有些僵硬，手到時會發抖啊；可是，我已經答應曉雲區督了。」媽媽表面與隔壁阿姨有說有笑，低頭吃美食，卻有點食不知味。

安安與亮亮，責任使然，媽媽真的鼓起勇氣，硬著頭皮，冒著手發抖的危險，就面帶笑容，充滿熱情一一為每桌照相，每桌有團體照，還有母女、一家人、好朋友等特寫照。「我照得越來越順了」，安安與亮亮，媽媽心裡這樣開心。媽媽很自然熱情大方為大家照相，被照著的人露出珍貴笑容與擺POSE，我捕捉那剎那，我也照得很順利。「太棒了，我不害怕了，手沒有發抖；態度輕鬆，我，我已經自我突破了：在眾人面前依然壯膽去做，心有力量。」這樣想，我露出笑容。照著被照，都綻放燦爛笑容，一朵又一朵在整個海霸王的餐廳，看過去美極了。

整個照相除了18桌都照了，還照台上帥哥阿賓與美女必慧區長主持人與參加各樣遊戲上台的人。我還做了幾個錄影音檔，以保留當時現場的互動。昨日，我回家整理照片時，我看了那麼多歡喜的相片，覺得自己很榮耀開心，為大家紀錄保留美好的鏡頭。昨日睡眠有好多美好鏡頭伴著我，很快甜甜睡著一覺天明。

安安與亮亮，媽媽這次為牧區照相，是主動向媽媽牧區的負責人提出要幫忙。以前媽媽不是這樣的人。媽媽是只顧自己事情的人，算自私個性。感謝神，當我讀

到：「你們各人的重擔要互相擔當，如此就完全基督的律法。」（加拉太書6：2）安安與亮亮，媽媽是受很多教會小組長，如錦珠阿姨/鳳鳳阿姨/珮容阿姨無私付出，關懷鼓勵造就，才慢慢體悟：一個真理：幫助別人等於幫助自己。教會小組長排除玩樂，閒暇時間，盡心盡意幫助那群面臨風雨/乾旱哭泣的弟兄姊妹或慕道友。這些小組長的家庭與後裔幸福優秀，個人智慧能力不斷更上一層樓。我在教會期間，慢慢反省「自己只顧自己」過往個性。

　　一個人能夠心中有愛，想要幫助別人時，那他已經是個有能力且不自私的人，「你要記住，永遠要愉快地多給別人，少從別人那裡拿取。」（高爾基說，蘇俄文豪）教會充滿幫助別人，慷慨富有的心靈的人，媽媽就是在這樣耳濡目染之下，慢慢揚棄過往自私個性，盡量多給別人，幫助別人。

　　安安與亮亮，幫助別人等於幫助自己。昨日媽媽照相，我已經自我突破，表面上我是為整個牧區照相，有些辛苦勞累；但對媽媽來說，我的照相已經從為小組照相小團體，已經擴張為大團體照相，照相境界更上一層樓。現在媽媽分享中外兩個例子「幫助別人等於幫助自己」於你們：

　　中國例子有清朝末年胡雪巖。胡雪巖先生之所以成為一代巨富，是因他當清朝大臣左宗棠開口向他提出，捐大錢幫助國家，他毫不猶豫捐出大數目幫助左宗棠進行國家建設。當左宗棠身居要職，發現有經濟開發機會，與其

給別的商人賺，不如給慷慨捐錢的胡雪巖先生。胡雪巖就因他過去慷慨解囊，因而獲得大筆生意機會，從此日進斗金，財富不斷累積，成為顯赫一時的家族。

西方例子有石油大王洛克菲勒。洛克菲勒在49歲那年因得了難纏的病，醫生告訴他，想吃什麼就吃什麼，因為他只有幾個月的生命。他的朋友就建議他捐大錢去幫助有需要的人。一向將金錢看得很重的他，面對無常生命，就決定釋放部分財富去幫助別人。當他這樣做時，或許他的善行感動上天，連醫生束手無策的大病，居然奇蹟好了。從恢復健康後的洛克菲勒，就以幫助別人為事業的一部分。他的家族這樣熱心公益，人家富不過三代，洛克菲勒家族已經富超過六代了。

所以，安安與亮亮，幫助別人等於幫助自己。你們兩人都在工作，主動幫忙老闆或長官或同事，雖然會比別人累一些，正如英國文豪狄更斯說：「世界上能夠為別人減輕負擔的，都不是庸庸碌碌之徒。」你們在各方面的能力與人緣上都會變好，因為正善能量是循環的。

安安亮亮，銘記媽媽的叮嚀名言——幫助別人等於幫助自己。

愛你們的媽媽於台北　2020/11/09

Chapter 18

吃苦是我最美的作品——江孟芝

安安亮亮：

　　謝謝亮亮向媽媽推薦一本書《不認輸的骨氣》，媽媽已經看完了，就寫這篇「吃苦是我最美的作品」。因江孟芝同安安亮亮，都是年輕人，江孟芝吃苦的精神，值得安安亮亮學習。「吃苦是我最美的作品」——江孟芝文章如下：

　　美國小說家傑克・倫敦說：「人生不只是握有一副好牌，有時候也要把一副壞牌打好」，江孟芝就是這樣的人。江孟芝，這位1986年，在屏東鄉下出生，當她得了義大利國際設計大獎，贏得「資訊設計類銅獎」，站在閃閃發光的頒獎的國際舞台，她這樣告訴自己：

　　「我回首過去成長吃苦的路，深刻體悟所有現實的刁難，都只會讓我們成為更好的人。世界上最美的作品，莫過於真實的自己了。站在舞台可能15分鐘，但是把自己的作品做好卻是一輩子的事，我期許自己要一直一直努力下去。」

　　江孟芝，從小出生在貧乏的屏東鄉下。父親本來是公務人員，為了考中醫師，辭去鐵飯碗工作，卻努力多年，

一輩子都沒考上；所以家庭經濟一直要靠母親撐起。江孟芝很懂事很孝順，雖然她喜歡藝術，想讀藝術；為了減輕母親經濟負擔，她沒有向老師學畫，她努力自學觸類旁通，加上她的創意與堅持力；一路順利讀美術班，並考上師大藝術系。這一路求學的費用與生活費用都是她學貸，四處家教，打工來完成的。她說：

「只要不認輸，人生就沒有不可能了。當我27歲還清百萬的學貸，活在青春之後，認輸之前，我用堅強堆砌生命堡壘，度過債務的生存期。」

江孟芝，出乎她大學教授意料之外，在她師大畢業短暫工作後，她沒有什麼錢，卻勇敢投遞夢想申請書——她申請到美國紐約進修，想開拓自己的視野，體驗不同的人生。在美國紐約求學那段日子，只能用吃苦兩個字來形容。在她出版的書《不認輸的骨氣》描述著：

「在紐約，我完全沒有認識的人，一個人的生活總是默默進行，在完全沒有預算買棉被情況下，我只能夠在宿舍裡蓋著外套睡，吃路邊餐車五塊錢的印度雞肉飯。」

這位從小不向環境低頭，不服輸的女生，她還是很孝順女兒；為了負擔生病爸爸的醫藥費，她一人在國外想盡辦法身兼幾份差事，籌措爸爸的醫藥費；且時時在電話中要爸爸加油，如她在美國闖蕩不服輸骨氣；請爸爸不可向疾病認輸。江孟芝都源於對家庭的愛，如芭芭拉·安吉麗思（美國人類關係學家）說：「一切障礙與波折都是隱藏功課，敬重它們，並向它們學習。一切答案都是愛。」

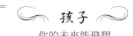

　　她每天睡眠時間壓縮再壓縮。或許在過度工作過度生活壓力下，江孟芝發現自己有憂鬱症的傾向與失眠，她決定勇敢面對。

　　她開始參加美國的馬拉松比賽，來醫治憂鬱症與失眠。從舊金山21公里的半馬到芝加哥42公里的全馬；她要突破個人的舒適圈小花環境，要成為風雨中的堅強花朵。當她跑在芝加哥42公里馬拉松路上，她心裡問自己：

　　「我有能力完成42公里嗎？我有勇氣挑戰這個不可能的任務嗎？」

　　她忍著痛，腳酸與體力的透支，沒有放棄，就是跑下去……，終於跑到終點了；去成就自己生命具有歷史意義的壯舉。

　　「我們經過水火；你卻使我們到豐富之地。」（詩篇66：12）江孟芝吃苦就是最美作品精神。她通過美國教師的檢定，走在美國教職路上。這位勇敢的女生把出生貧苦的壞牌，打成教師的好牌；將命運的水火與挫折，都成為她豐富創作的顏料與色彩；當她的得獎作品在義大利被大幅放在銀幕上，那麼多彩絢麗創意迸放，大開觀眾的眼界。

　　江孟芝的生命哲學——田野凹槽裡的水漬，被陽光照到，也會閃閃發光。她回台灣分享她成長故事，相信很多年輕人的心被照亮了，立下心志：如江孟芝要去完成自己生命最美作品。

以上是媽媽對江孟芝的書寫，希望有觸動安安亮亮的心。

愛寫作的媽媽於台北　2020/11/16

條理細心精準——天堂的法則

安安亮亮：

　　媽媽一直想分享天堂的法則於你們，這是有關我們在世做事的態度，它決定我們是否能在人生成功富足的關鍵。媽媽今天的主題：條理細心精準——天堂的法則。安安與亮亮，我們先來看兩個故事：

　　有一位婦女向心靈學家佛羅倫絲‧辛（Florence Scovel Shinn）請教：「要怎樣才有錢？」佛羅倫絲‧辛很了解這位婦女的髒亂生活習慣，她充滿笑容對著這位婦女朋友說：

　　「你的化妝台是不是很亂？你家東西是不是都亂放，沒有秩序可言？富足是天堂所擁有的。天堂的法則是條理細心精準，你想要有錢，首先當你回家後，把家裡整理有條有理，把簡單的家事做到完美，讓你家呈現完美乾淨，東西分門別類有秩序擺好；整個家的治理如同在天上，是天堂法則，時候到了，自然有錢。」

　　安安與亮亮，媽媽對這位女心靈學家對那位想要有錢婦女說的話，如棒喝如靈性的提醒，媽媽聽了讀了，佛羅倫絲‧辛的話，記在心深處：原來要有錢就是家有條理完

美乾淨。

　　神說的：「地要生出活物來，各從其類；牲畜、昆蟲、野獸，各從其類。」事就成了。（創世紀1：24）神創造日月星辰與萬物，都是各從其類，各就各位，非常有條理細心精準完成。如果沒有條理細心精準，火星與金星可能撞在一塊；老虎與貓都分不清。但幾億萬年來，日月星辰在自己軌道運行，萬物各有特徵樣式生生不息，現在安安、亮亮與21世紀所有的人生活在這個地球，就是神的創造，多麼令人讚美啊。

　　我們再來看另一個例子──金牌教練。如果金牌代表成功，那麼以下這個例子就可以說明：

　　「一位俄羅斯頂尖教練，被聘請到美國教國家體操隊。這體操隊是要參加奧運比賽的。這位俄羅斯體操教練對他們非常嚴格，只要選手練習有小小的錯誤，就要被罰挑水或禁足。有一位選手無法承受這位嚴苛教練的處罰，就質問教練，為什麼要如此折磨他們？這位俄羅斯教練回答：『你們目標不是金牌嗎？金牌就是要完美零失誤。我之所以要如此罰你們，是要你們記取教訓，要細心完成每個動作。』

　　安安與亮亮，俄羅斯這位頂尖金牌教練就是要選手完美零失誤。「完美零失誤」的平日養成就是條理細心精準。媽媽寫到這裡，想起台灣拿體操金牌的李智凱。2017年台北舉辦夏季世運大學比賽，我們親眼看見這位代表台灣的體操選手李智凱既細緻又完美流暢完成每項動作，不

負眾望拿到金牌。他的體操展現被美學家蔣勳比喻為寫書法，那樣流暢藝術美學。這個金牌體操天才的展現都是無數細節堆砌而成。台上10分鐘，台下10年的功夫。

「天才多半是細心養成的」，這句話是由中國著名文學家郭沫若提出來的。這句話對媽媽如暮鼓晨鐘的提醒與震撼。媽媽在升學主義的國中時代，為了在有限時間做完考卷的所有題目，3年下來養成很緊張焦慮的個性。在有限時間要做完龐大題目，所以常常焦慮感；面對人生也是如此；在有限時間追尋中，也常常充滿焦慮感完成學位或學習，所缺乏：細細品味著生活的好滋味。

媽媽在「急就章」焦慮感下，讓自己渾然不知養成潦草馬虎的壞習慣；這個壞習慣讓自己不知道為什麼明明會的考試內容，就是無法100分；做的事情明明完成卻仍出差錯。媽媽以為天才都像李白灑脫不拘，不拘小節的。其實所有天才都如思想作家華勒思·華特斯（Wallace D. Wattles）說：

「用傑出方式做好每件事。你必須把偉大心靈的全部力量投注到每一件事，不管多麼平凡或微不足道的事情。」

細心是所有成功之本。「1%的錯誤會帶來100%的失敗。天下大事，成就於細。」（佚名）想想醫生開刀因細心而救了一人；火箭的發射因細心而到達目的地；大廚師因細心成了五星級的招牌大師。「天才多半是細心養成的」，細心就成為完美成功的關鍵處。

　　媽媽不是很細心的人，做事也常出差錯；媽媽知道自己不足，正慢慢培養條理細心精準條的好習慣。你們的爸爸做事非常有條理，很細心很精準，所以爸爸在工作上，上司都滿意他的表現，對他做的事很放心。「條理細心精準」的優點，我們倒是要向爸爸學習。

　　安安與亮亮，條理細心精準可以從生活做起，把居住房間，桌面與你工作辦公桌整理井然有序，讓自己處在完美條理環境，如同天使在天堂做事一樣。先從簡單的事做，把簡單的事做到完美就是不簡單。美國成功學作家奧里森·斯威特·馬登說：「我們目前是什麼樣子，習慣將使我們永遠保持這個樣子。」養成細心精準的習慣，會讓自己保持金牌冠軍的樣式。

　　祝福安安與亮亮：擁有條理細心精準的好習慣，在人生如鑽石，明亮發光。

愛你們的媽媽　2020/11/23

Chapter 20

你有偉大的目標嗎？

安安亮亮：

現在你們已經入社會工作了，恭喜你們已經如鷹展翅飛翔在生命的天空。今日媽媽想問你們有偉大目標嗎？也許談「偉大目標」好像很崇高，很夢幻，甚至會被說，我是平凡人，平凡過一生就好，不要跟我談什麼偉大目標。安安與亮亮，你們是我的兒女，是成年人了，請拿起筆揮毫未來夢想色彩。媽媽今日分享主題：偉大目標與故事，可以帶給你們思考自己的未來。

安安與亮亮，當人選擇出生在地球，必帶生存寶貝，這寶貝就是人的潛能。底琵（Max Depree）說：「沒有發揮潛能是罪——非常嚴重的罪。懶惰的核心包括：喪失意義、目的、盼望，並對他人的福祉漠不關心。」媽媽是住在鄉下農村，我回娘家時，就看見一位兒時鄰居的大哥哥讀到國中，就簡居在家中沒出去工作，當然他也沒有娶妻生子，就是住在家裡。30多年過了，有一次，我回娘家，看見他彎腰的背影，有些落魄孤單，媽媽心裡有些不忍的難過。我知道這位大哥哥個性算善良，沒做傷天害理的事，只是他犯了一個罪：沒有發揮潛能，他讓自己人生一

天過一天，沒有辛勤工作去流汗服務人群，生命就這樣越來越黯淡，後來他死在出生的老家，喪禮費用是弟妹與鄰居共同出的。鄰居大哥哥帶給媽媽很大的震撼，人若沒有目標，不但未能發揮潛能，且成為別人的負擔。

安安與亮亮，為什麼人要有偉大的目標嗎？聖經中的保羅說：

「我只有一件事，就是忘記背後，努力面前的，向著標竿直跑。」（腓立比書3：13）。

保羅的標竿就是偉大目標：要到沒有上帝信仰地方傳教。他以一生去做傳教這件事。今日上帝信仰是能成為世界最多人的信仰，是歸功保羅。保羅的偉大，做前人未做的事，是因保羅立下標竿目標。

安安與亮亮，媽媽認為偉大目標如燈塔，讓你們在人生茫茫大海中航行，有光芒的方向指引幸福的彼岸。安東尼‧羅賓（Anthony Robins）提出偉大目標可以帶來積極的企圖心。安東尼‧羅賓說：

「偉大目標帶來積極企圖心。」

今天的你是「真正的你」嗎？你的潛能完全發揮出來嗎？我相信你的未來絕不止於目前，現在就請你定出：「超越自我偉大的目標。」

安安與亮亮，安東尼‧羅賓為什麼提出人要有偉大目標嗎？因為這是他切身體驗的自己故事的體悟語。我們現在來看安東尼‧羅賓的故事。安東尼‧羅賓是美國人，本來是一位住在11坪小房子的窮苦的26歲年輕人。在26歲那

一年，他寫下他的偉大目標：

◎擁有長久留名的事業。

◎住在海邊的別墅。

◎娶一位善解人意的太太。

他有了這個偉大目標後，他全力以赴：寫書，他寫的書：《激發心靈的潛力》《喚醒心中的巨人》等，成為暢銷書，他又將自己發現有關「人的潛力無窮」的論點，在美國各地舉辦研討會，製成錄音帶銷售，並在媒體電視面前大力推廣。現在的安東尼‧羅賓已實現他26歲立下偉大目標，成為世界有名的心靈作家，並擁有一位美麗賢慧的太太，住在海邊的別墅裡。

安安與亮亮，媽媽再分享一個偉大目標故事：

三位平均約36歲的中國年輕人，要拍攝一部以動物為主角的電影。他們三個人都非電影本科系的年輕人，卻許下一個看似離譜的諾言：要拍一部讓世人驚豔感動的動物電影。他們三位年輕人為了拍攝故事中主角——黑尾鷗，幾次與死神擦身而過，他們仍然無所畏懼要堅持許下的諾言。這個諾言花了7年才克服萬難實現。

後來這三位年輕人所拍的《天賜》電影在中國公映。堅強的黑尾鷗的成長故事，彷彿也在敘述那三位背後導演的故事。電影播映後，感動觀賞者的眼睛。所以奇蹟的誕生不是顯赫出身背景，而是一個偉大目標所導引下的開花結果。

安安與亮亮，偉大目標激發你們潛能，同時成為你們

生命的興趣，讓你們有事做。美國人類專家喬治.布爾契博士說：「結束生命最快的方法，就是什麼不做。每個人有一個興趣，以便繼續活下去。」結束生命就是無事可做；相反要讓生命活出火花就是要有偉大目標。

安安與亮亮，最近可以思考自己的未來，拿起筆來寫下你們的偉大目標（所謂偉大，就是可以超越現狀，帶來自我突破，自我實現），寫完後，只告訴少數會支持你親友，不要告訴其他人，因告訴別人，往往帶給自己壓力與莫名嘲笑批評；沉默是金以行動來實踐。媽媽眼光裡有你們為自己的夢忙碌前進的身影。

祝福安安與亮亮因偉大目標，你們的願景得以實現。

相信人因有目標而偉大的媽媽　2020/12/02

母親的心

安安：

　　再過2天，1月7日就是你的生日了。我寫一篇文章〈母親的心〉與畫一幅畫〈人間最美圖畫之一：母與女〉送給你為生日禮物。媽媽很高興有安安這個善解人意，溫柔美麗的女兒，想起安安從小到大點點滴滴，心頭很溫熱，臉上飛上兩朵甜甜笑容。

　　記得小學時候，大概7歲，你問我：「為什麼投胎成為媽媽女兒？」我回答：

　　「安安是天上小天使，天上的小天使飛呀飛，看見讓自己感動的女性，就決定成為她的小孩，所以你就飛進我的肚子了。安安自己決定要當我的女兒。」

　　其實這答案是媽媽編出來的，你後來也知道。在我的心裡，母與女真的是有很深深的緣分，一輩子的甜蜜負荷。女兒是天使，了解你這位曾經是外婆女兒的心。感謝安安的出生，讓我從單身成為一位媽媽，安安與媽媽長得像，你的同學與朋友都這樣說。媽媽一直以來對於「未能實現年少的夢想」很遺憾，但想到自己是一位母親，有一位女兒與一位兒子，這是上帝賜給媽媽的上等福分，足可

以彌補夢想尚未實現的缺口,滿溢出來,讓媽媽走路依然春風拂面。

安安,「母親的心是什麼?」母親的心如泰戈爾詩人所寫的:

「月亮把清輝灑向夜空,把暗色的斑點留給她自己。」

外婆對媽媽非常好。她知道我愛讀書想繼續升學,在重男輕女時代,尤其在鄉下,別人家女兒都去當女工,她在外公支持下,就省吃儉用,更勤奮種田種菜,讓女兒讀冊。你出生,外婆也是愛屋及烏,趕緊與外公,從鄉下搭車來看女兒的女兒。我們家的相簿有很多張都是外婆抱你的相片。你在小二學鋼琴,那台嶄新的鋼琴費用,也是外婆出的,外婆對媽媽說:「以前嫁妝給你不多,現在我存多年的錢,就送給你的女兒彌補。」這就是母親的心。

安安是位很順服的女兒,在你讀大一時聽媽媽建議:「媽媽有一天會老會死,無法永遠陪你;只有上帝永遠活著,成為你及時幫助;所以你現在去讀成大,離家百里,你到教會,媽媽會很放心。」你真的聽進去,走進教會認識偉大神,學習人生的真理與學校沒教的事。

安安,從小熱愛助人,在學校當了好多年服務的幹部,你到教會後,你愛人的心更加火熱,你的大學寒暑假都在忙著別人的需要。你在大學四年,你遵循教會教導:大學生不可同居,不要發生婚前的性行為。你避開一切誘惑試探,後來你有分享一些事情於媽媽,我覺得我的安

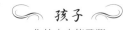

安，真的相信上帝，相信教會的所教的，且行出來，媽媽的心很受安慰。正如聖經說：「這相信的女子是有福的！因為主對他所說的話都要應驗。」（路加福音1：45）

安安已大學畢業五年多了，算是適婚年齡。結婚算是人生大事，也是一個重要的選擇。現在很多女性抱不婚主義，我都尊重。不過，安安，媽媽鼓勵你結婚。結婚會讓人生更加完整且創造一個幸福家的機會，去栽培對社會、國家與世界有影響力的後裔。所有偉大的人物背後都有一位偉大母親，如小布希總統媽媽於小布希；林書豪的媽媽於林書豪；海倫凱勒的媽媽於海倫凱勒。

媽媽算是平凡且自私的人，在某方面愛追求遠方的大夢，沒有把全部心力教養你們；但由於我選擇在適婚年齡結婚，且勇敢生女生兒，經歷懷胎辛苦與難產，當一位母親，這個經歷讓我對生命與人生種種課題有很深刻的體驗，我漸漸從很自我的人，慢慢學會愛兒女愛家也愛需要幫助的人；生命應該以愛來傳承。當母親後，慢慢去修正自己，懂得反省，自己在母親角色上蛻變成長。

美國作家金克拉說：「成功的家庭必須有辛勤工作的父親和負責整合的母親。」結婚是大夢，這是媽媽目前的信念，值得追求與一生守護與經營。母親是一輩子的工作，永不退休。一想到自己永遠有工作忙碌，不怕失業，當母親多麼高尚的職業啊，我覺得自己很有智慧也很聰明選擇對的人，在適齡就結婚，然後懷孕生兒女，從事這份走到那兒都很踏實安心的媽媽工作。

　　安安，媽媽因爲有你，才更體會外婆對媽媽的愛，即一顆母親的心。安安，媽媽今年（2021年）的叮嚀：「在忙碌工作與教會服事之餘，要留給自己一些時間談戀愛，認識合適自己，有份專業工作的異性，建立幸福的家園。」

　　生日快樂，安安。

　　媽媽的心祝福安安：

　　有一位世界很優秀的男生

　　深深愛上

　　美麗溫柔的安安

　　兩人同心

　　建立生養衆多幸福快樂

　　眞理生命世代傳承家園

愛寫小詩的媽媽　2021/01/05

媽媽的父親是一粒麥子

安安亮亮：

　　媽媽有一位慈愛的父親，就是你們的外祖父。媽媽生長於彰化福興鄉的一個偏僻的村莊。外祖父是個勤儉農夫，很注重子女的教育。

　　彰化鄉下是個重男輕女的社會，在那個社會，很多小學畢業的女孩，都到工廠當女工。如果沒有開明的外祖父，媽媽的命運就是當女工命運，你們也不可能讀到我寫給你們的信。

　　媽媽想讓安安與亮亮認識你們很慈愛且偉大的祖父，媽媽附上我書寫的〈我的父親是一粒麥子〉的文章如下：

　　〈我的父親是一粒麥子〉

　　我有一位偉大且慈愛父親。我的父親蔣百，出生民國18年8月18日，於民國110年1月15日回天上的家；享高壽92歲，於家中在四位子女圍繞中，安詳離開人間，壽終正寢。

　　西班牙偉大作家塞萬提斯說：「父親的德行是兒子最

好的遺產。」我的父親是位樂觀知天命的種田人，雖沒有賺大錢做偉業，卻留下很好的德行爲傳家之寶。我慶幸我有一位好的父親，擁有爸爸所留下最好遺產。在這裡用三方面來思念我的父親：

◎爸爸是位慈愛的父親

爸爸個性溫和樂觀，記憶中的父親，溢滿對子女的愛，甚少打我們兄弟姊妹四人，總以鼓勵方式讓我們知書達禮，懂得做人處事的道理。這份濃濃的父愛在我們兄弟姊妹四人身上留下無比美好祝福。我大哥蔣榮源小一第一個上台故事——龜兔賽跑，是他的指導建議；往後大哥讀書求學，都有父親慈愛角色的重要參與；我二哥蔣榮宗的親子家長會，他都會出席參加，讓學校校長老師都認識這位口才佳幽默且關心孩子教育的家長。

我是老么，約六歲時得了哮喘，我的阿爸在三更半夜用鐵馬（腳踏車）摸黑，載我的母親與我到鹿港鎮上緊急看醫生。回來時，他與先母總是輪流聽我的哮喘聲是否變小了。50多年過了，至今我爲人母，對父母呵護病中的我，印象深刻歷歷在目。我的大姊蔣水蓮婚姻不是很美滿，父親是她的靠山，父親與母親以經濟來幫助大姊，讓大姊在雙親的愛中，度過她要獨撐大局，來養育4位小孩艱辛的日子。正因父親對子女的無悔付出的慈愛，大姊爲了報父母恩，從台北回鄉下老家照顧父母，大姊照顧母親1年半，先母86歲去世；照顧爸爸8年。爸爸人生最後8年，因

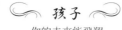
為大姊做看護豐富的經驗，全方位全面的照顧下，故我阿爸能壽終正寢。大姊之所以「小草報得三春暉」，是因父親先愛她。

◎爸爸有勤奮好個性

我的父親是一位勤奮努力的種田人。家庭是父親的最好世界；田地是父親的工作場所。記憶中父親，黎明即起到田裡，春種夏耘秋收冬藏，每天都是工作天，從不放假休息。他人生沒有退休，從青少年中年在田間工作，到了80多歲仍精神抖擻，在自己土地上種各種菜蔬，忙忙碌碌，不知道什麼是失業或退休，有田間的工作等著他。

我的阿爸不懶惰，沒有不良嗜好，有牛般勤奮的好個性，每天耕耘田地，期待有豐富農產品為生活收入。唐朝李紳的詩：「鋤禾日當午，汗滴禾下土，誰知盤中飧，粒粒皆辛苦」是我父親一生田裡工作的真實寫照。在我父親身上看見勤奮的品德，扮演守護家園的角色，以最堅韌且愛子女的心，期望年年是好年冬豐收糧穀，賣出好價格，來供應四位子女的生活所需，盡可能讓子女過好日子。回首我的阿爸一生，父親的角色從不缺席，日日夜夜出席在我的家中，是家園生命樹的根，這棵生命樹的根如泰戈爾詩人寫：「地裡的根讓樹枝結出果實纍纍，不求回報。」

◎爸爸是一位重視教育的父親

爸爸雖然小學畢業，一生種田種菜，卻重視教育。因

為父親是種田人，靠天吃飯，在收成不好歹年冬之際，要交孩子學費，總是東借西湊才能繳得出來。所以在農家村莊，農夫要讓自己小孩子受高等教育是很不容易的，我的爸爸咬緊牙根，節衣縮食就是要讓孩子受教育出頭天。

我的大哥蔣榮源，一路讀上來，從鹿港初中——彰化高中——台灣大學——政大碩士，從事公職30多年退休。我的二哥蔣榮宗，從福興國中——彰化高中——台灣師大——台灣大學碩士——美國紐約大學博士，現在是大學教授。我是蔣馨，我所處是個重男輕女時代，尤其鄉下農村更是如此。當時寶成企業集團在我家附近開個大工廠，村莊百分九十的女孩大都去當女工，我小學畢業也去工廠當女工。有一天晚上，我哭著不要當女工，要讀國中（當時國中已經開學3個禮拜了）。我爸爸很開明就答應我的請求，陪我去買腳踏車（上學交通工具），親自帶我到福興國中教務處報到。我一路讀上來，從福興國中——嘉義師專——彰化師大——紐西蘭梅西大學碩士。我常常對我的朋友及我家的兒女說，如果沒有我父親（外公）的開明重視教育，我今天可能只有國小畢業而已，應該寫不出今日的文章。父親因栽培子女有成，所以榮獲91年度模範父親，「父教子賢」的牌匾張掛在我家客廳上。

聖經云：「一粒麥子不落在地裡死了，仍舊一粒，若是死了，就結出許多子粒來。」我的阿爸是一粒麥子，一生破土而出昂揚成長，結滿豐富子粒，他的恩重如山的慈愛；勤奮的好個性與重視教育的理念，留給子孫是美好的

榜樣及豐富的德澤。我們子女會秉持蔣家的精神：「勤儉向上，創造富有富裕；注重教育，栽培優秀後裔；生養眾多，智慧治理地面；專業工作，服務社會國家。」且將蔣家精神發揚光大，以此紀念我的爺爺蔣塗（爺爺是村莊第一位蓋磚頭三合院的人，村莊第一有錢人）及我的父親蔣百。

　　我的父親蔣百，生平很愛歌唱，現在這粒麥子死了，靈魂輕飛到天上歌唱；他的父愛留在人間結出飽飽滿滿子粒，經歷復活生命的奇蹟，生生不息在天地。最後以小詩思念爸爸。

　　〈父親是麥子〉
　　父親是勤勞樸實樂觀的種田人
　　從孩子–青少年–中年到老年
　　萬能地在赤陽下鋤土播種插秧
　　皮膚黝黑發亮，雙手結了厚繭
　　田間的一行行的金黃稻子與
　　迎風笑容的滿園菜蔬是
　　他心頭最最尚好的春夏秋冬

　　父親是麥子
　　這粒麥子以最大心力堅韌生存
　　昂揚向上度過多少荒年與寒冬
　　總以春種秋收的飽滿希望糧食

養活我們兄弟姊妹四人
鼓勵我們像麥子破土而出結穗
奉獻自己於社會國家人群

父親，這粒麥子腳踏實地在
大地裡，結婚生子養兒育女
九十二歲落在地裡死了，靈魂飛上天
十天後，父親告別式完成
蔣家第一位曾孫哭了，誕生於世界
父親在天上喜悅捎來一個訊息：
麥子死了，又復活在大地上

　　安安亮亮讀完媽媽的文章，對媽媽的爸爸，你們外祖父，應該一幅人間慈愛認真樸實農夫形象；飲水思源，媽媽感謝我的爸爸，你們也要感謝外祖父，媽媽才可以受高等教育，寫信給你們，生命是一個愛的傳承啊。

感謝外祖父的媽媽於台北　2021/02/01

Chapter 23

點燃內在那盞明燈
——稻盛和夫

安安亮亮：

今天媽媽寫這封信主要目的：讓你們姊弟認識一位日本很成功的企業家。

稻盛和夫是日本相當成功企業家。他回顧在13歲那段心靈發昏日子，「我的靈裡發昏的時候，你知道我的道路。」（詩篇142：3）在天地間存在一個真理，這個真理是足以讓發昏日子成為黎明。在13歲那一年，稻盛和夫思考生命的那盞明燈在何處。

稻盛和夫（1932出生）的父親是印刷工人，賺錢少，不得不出去兼差，常忙到半夜，家裡貧窮，他常覺得孤單。13歲的他報考好學校落榜，心情很低落。偏偏運氣很差，他感染上肺結核了。當時肺結核是白色瘟疫，無藥可治，死亡率極高。小小13歲的他，正面對白色瘟疫的攻擊，心裡很害怕，在死神的威脅和恐懼裡發抖。此時他的鄰居大嬸，送給了他一本書《生命的真諦》，鼓勵他一定要堅強的活下去，戰勝肺結核，迎接希望無窮的未來。他仔細閱讀《生命的真諦》：

「把痛苦說成不幸是錯誤的，人們應該知道對於靈魂成長來說，痛苦有多麼重要。災難是自己招來的，因為自己的心底有塊吸引災難的磁石。要避免災難就要先除去這塊磁石，而不是對別人說抱怨的話。」

對於正開始思索人生的13歲的孩子，這些話語成為他的心靈的明燈。在他創業過程，他都認為琢磨內心很重要。企業要成功，人生要成功都要追求「內在理想」。他說：

「不斷琢磨內心，不斷磨練靈魂；心懷善念，竭盡全力拼命活著的人，當他遭逢困境煩惱憂慮、寢食難安、痛苦掙扎到極點時，就會像陰暗的角落突然射進一道光芒一樣，上天一定會清楚地指出一條克服障礙的明路。」

「落雨的黃昏，風吹個不停。我望著飄搖的枝葉，琢磨著萬物的偉大。」（泰戈爾詩人的詩句）兒時家裡貧窮與13歲染上白色瘟疫（肺結核）這種成長的痛苦，靈裡的暗黑，稻盛和夫望著飄搖樹葉，琢磨萬物的偉大，他不斷努力裝備自己，琢磨自己，在風雨飄搖中追求偉大。

奧里森・斯威特・馬登（Orison Swette Marden）說：「堅強的靈魂只會做一件事，那就是無論遭遇怎樣不幸，都會朝著目標前進，絕不左顧右盼。」如果你現在也正值靈裡發昏，準備說抱怨的話時，就學學稻盛和夫堅強的內心，追求靈魂的成長，點燃內心那盞明燈，來照耀前方的道路，朝著目標前進。

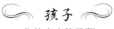

祝福安安亮亮：點燃你內心那盞明燈，在黃昏閃亮。

愛閱讀偉人故事的媽媽 2021/02/08

Chapter 24

爲生命做富足的人
——桑戴·阿得拉加

安安亮亮：

　　媽媽最近閱讀一本很棒的書，書名《爲神國做有錢人》。這本是好書，安安亮亮不妨閱讀，會對你們的未來富足生命很大幫助。媽媽分享我從這本好書的心得：

　　「是不是有人注定天生貧窮，有人注定天生有錢人？」「是不是有人就有機會成爲百萬美元富翁，我出生背景不好，我是不能成爲百萬美元富翁（富婆）？」這些問題都在無數人心中浮現。我是桑戴·阿得拉加（Sunday Adelaja），我的成長經歷故事可以回答這些問題。

　　我出生背景一切對我成爲富足的人，是極端不利的。我出生在非洲的一個赤貧村落，在12歲之前，沒有鞋子穿。我的母親嫁給時常打她罵她的有暴力傾向的男人；所以當母親生下我，就改嫁了，由不識字的外婆撫養長大。我成長過程中，父母都缺席，走在街上，街上小都孩會嘲笑我是私生子，無父無母。

　　在我19歲認識神。認識神後，我不再埋怨：「爲什麼要來到世界上？」「爲什麼我的父母離我而去？」「爲

什麼我沒有鞋子穿？」我知道神讓我如此不堪出生背景，是有祂偉大的計畫。當聖靈使我靈魂甦醒，我看見自己的長處及奮鬥的目標。我相信自己是個大人物；自己十分重要，因爲耶穌說：「你是世界的鹽……是世上的光。」每個人來到這世界不是偶然的，光是誕生這世界就是贏家，每個人都帶著神旨意來到世界，在人間有神聖的生命任務。

我離開非洲到蘇俄讀書，拿到新聞碩士學位。後來我成爲全職的牧師，在蘇俄的烏克蘭帶領全國最大的教會。當我讀到聖經：「你們這小群，不要懼怕，因爲你們的父樂意把國賜給你。」（路加福音12：32）我靈光一現：每個人只要走在眞理上，勤奮工作，一定可以成爲有錢人，心與靈都洋溢富足。人會貧窮，一定有理由的，不是天生注定貧窮或命運不公或祖先的咒詛。

我不到四十歲，我賺入我的第一個一百萬美元，且還在增加；物質算豐富的。我是全職牧師與巡迴演說者，我選擇被動式的賺錢方式，我之所以成爲富足的人，顯然遵循某些財富創造的法則和原則。當我成功成爲有錢人，我幫助那些一無所有的人，包括吸毒、小販、惡棍，以及更糟糕的人，他們都成爲富足的人，告別過去貧窮悲慘的生活。至少兩百人都成爲有錢人。

以下是我對於想在生命成功富足的人一些中肯建議：

★ 找到好信仰，建造靈性的根基：

好信仰帶來好品德，好的靈性。你會發現很多有錢

人，後來因擴張信用；賭博或酗酒或色情等，到頭來都成為窮光蛋；甚至中樂透或得巨額遺產的人（一夕致富），不到五年又回到貧窮原點，原因祂們都缺乏屬靈的根基，德行不足形成錢財的漏洞，然後再失去一切。

　　將神當作你生命的合夥人，藉著定期主日，小組聚會與閱讀聖經，來改善你性格，以真理為你靈性根基，讓自己居上不居下，成為成功卓越的人。

★ 不做事，一事無成：

　　我個人帶烏克蘭全國最大教會，我的職責工作是牧養，我很認真去做，全心全力全意去做，超乎會眾的所求，且我做事有始有終。由於我的全力以赴，我的會眾從不到一百人，成長到上萬人。神是會祝福一個勤奮工作的人，而不是一個期望祝福從天而降的懶惰蟲。成功的人都喜歡工作，甚至加班。

　　我（桑戴‧阿得拉加）說：「如果我們想避免貧窮，就必須勤奮工作。」想要有錢財的收入，就是要提供生產商品或提供服務。提供生產商品或提供服務就是工作。「手懶的，要受貧窮；手勤的，卻要富足」（箴言10：4），不做事，將一事無成。神應許任何付出勤奮代價的人（包括佛教徒）都享有財富。

★ 儲蓄與投資：

　　收入永遠大於支出。為了投資未來，開始儲蓄吧！儲蓄的關鍵之一：不必花錢絕對不要花。很多人窮人之所以窮，無法控制自己物質欲望，一旦有錢就吃喝或買昂貴

東西，錢花得一毛不剩。所有眞正富人的生活方式：賺得多，花得少，並繼續投資，持續讓錢變多。

我通常分享我的投資理念：若你只有一棟在都市的房子。我建議是，賣掉城市的房子買郊區房子住，多出來的錢可加上銀行貸款，以買另一間房子租給別人，讓你租戶幫你支付房子的開支、貸款與相關帳單。

我鼓勵你投資在你的腦袋，讀市面上有關財富創造的好書，並以聖經的原則加以比較，如此一來你不會投資錯誤，全盤皆輸。

以上是我從赤貧的成長環境到成爲帶領幾萬人信徒的牧師，生命富足的分享。現在的我，依然不斷自我教育，看書，看錄影帶，參加相關課程等學習，因爲成爲生命富足的人是一輩子事。

每個人都可以變成百萬美元的富翁，幸福的家庭，身心靈富足的人，我以這樣信念繼續幫助人成爲生命富足的人。泰戈爾詩人說：「生命是天賜的禮物；我們藉由奉獻生命，獲得這份贈禮。」我深信你只要願意，你可獲得生命豐富的贈禮，享有富麗富有生活。

愛閱讀分享的媽媽　2021/02/24

Chapter 25

將惡夢築新夢——牛頓

安安亮亮：

　　新冠疫情來勢洶洶，滿嚴重，全球陷入一片危機。此時面對不可知未來，心安穩最重要。媽媽分享牛頓如何面對世紀瘟疫噩夢，且安然度過，成為築夢的人。以下是媽媽對牛頓這位偉大科學家面對瘟疫的分享：

　　在1665年倫敦發生的重大鼠疫，超過8萬人死於這次瘟疫之中，是當時倫敦人口的五分之一。這場鼠疫是英國人生存的惡夢，多少人擔心自己：不知道是否能在惡夢中醒過來迎接明日太陽。牛頓是當時劍橋大學的學生，學校在這場鼠疫中關門，學生疏散回家，牛頓就逃到安靜的鄉下。

　　這場18個月沒有上課日子，牛頓有充分時間投入他喜愛物理學領域，並思考太陽月球與地球之間關係，對於大自然中展開觀察探討與實驗。在這18個月中，他不像一般人活在鼠疫怕被染病的恐懼中；「他若求告我，我就應允他。他在急難中，我要與他同在；我要搭救他，使他尊貴。」（詩篇91：15）上帝是牛頓的盾牌，彷彿派了很多天軍在牛頓四圍安營，他相信自己會活下來，所以靜心去

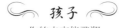
完成他要成為物理學家的夢。

　　牛頓在那躲鼠疫一年半鄉下期間，發明了「微積分」，無窮小概念在宇宙間存在著；同時還發現太陽光不是一種的光，而是好幾種不同顏色的光混合而成。在那18個月，倫敦面臨，一場來勢洶洶的鼠疫危機，很多人「掛淚、流血、喪志、灰心，你說那一擊是擊錯了。可是並沒有，你是神的無價之寶，神是你的寶石匠。」（荒漠甘泉），牛頓排除對鼠疫的恐懼，日日快樂忙碌於自己在築夢中。在經過一年半努力研究下，牛頓脫胎換骨，成為偉大物理學家與哲學家。

　　從2020年爆發新冠狀病毒，開始至今2021年3月，一年多期間，新冠狀病毒成為兇猛如獸，吞吃多少人命，造成全球危機。工作停擺了；經濟停擺了；學校關門了，學生回家了；多少人成為失業一群，多少企業關門了，很多老闆睡得不安穩，甚至做起惡夢來。

　　「正是大地自己的淚，讓她常保持笑靨如花。」（泰戈爾詩人）此時的你不管處在怎樣的光景，那麼我們不妨學學牛頓：投入自己喜愛領域，忘記現實的惡夢，在夢想路上迎接旭日東昇，夜裡在皎潔月光下安然入睡；一天新似一天。當新冠狀病毒被控制下，人們再度恢復國泰民安時，你已經成為勇敢面對危機自我突破，生命格局更寬廣更提昇，成為一名築新夢的人了。

　　　　　　　　　　　　　愛閱讀分享的媽媽　2021/03/03

Chapter 26

你可以奉獻什麼

安安亮亮：

今天媽媽要向你們姊弟說個主題：你可以奉獻什麼？談這個主題，我想到你們的外曾祖父——蔣塗。外曾祖父蔣塗，七八歲就沒有父親，由寡母扶養長大。外曾祖父蔣塗不識字，因家貧窮無法讀書上學，他可以埋怨命運的不公，害怕未來；但他沒有，很堅強生活著。

「你這蟲雅各……不要害怕，我要使你成為快齒打糧的新器具。」（賽41：14.15）你的外曾祖父內在自我驅使他需要一份工作打造自己的未來。你們外曾祖父蔣塗一生從最底層工作做起——當農夫。如洛克菲勒在寫兒女的家書中說：

「我無業、無家，可以說在這個世界上孤零零；但我去應徵一份最底層工作。」

洛克菲勒是美國石油大王，有名財富家族，他依然有這個從最底層工作做起的經歷。你們外曾祖父蔣塗也是如此。他的農夫生涯，是一種腳踏實地，堅忍不拔，且流汗一身拚搏吃苦精神。蔣塗不識字卻勤奮向上；他一生都當農夫，栽培五個兒子與2個女兒，勤勤儉儉持家，認認真真

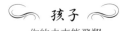

奉獻自己一生的歲月，89歲高壽去世。安安，亮亮，「外曾祖父的奉獻什麼？」外曾祖父蔣塗一生奉獻──他成為村莊最有錢的財主，留了將近五甲土地給五位兒子。

安安，亮亮，常常要問自己「你可以奉獻出什麼？」當你問自己時，你會想奮鬥向上去追求，讓自己可以成為生產者，而不會成為埋怨命運不公的人。烏克蘭基輔牧師作家桑戴・阿得拉加說：

「你知道可以為世界提供什麼，以換取錢財。因此，我們必須知道自己最擅長什麼。你必須做第一件事是：增加財力。有一個經濟基礎，才能營造未來。」

安安，亮亮，要為世界提供什麼，首先要自立自強，有顆願意去工作的心。工作是最直接為世界提供奉獻的。工作不分貴賤，即使當農夫，也可以如你們外曾祖父蔣塗成為村莊最傑出的農夫。自古以來，英雄不怕出生低，連洛克菲勒是世界有名的財主，在沒有工作時，去應徵最底層工作，且做得讓老闆讚賞有加，物超所值（CP值很高）。

安安，亮亮，媽媽很欣喜你們都有工作。你們在工作時，要常常問自己：「我可以為公司奉獻什麼？」即使這份工作於你覺得很簡單，或是很底層卑微，都沒有關係，最重要是你奉獻的態度，把容易工作做到完美就是卓越；將底層卑微工作認真做就是墊腳石，邁向成功，這樣你們會成為公司的祝福，同時也是自己的祝福；因為你不怕被解雇失業。有工作，你們經濟就可以獨立自主，等於為家

奉獻心力，不用當啃老族，同時營造自己未來，為自己貢獻世界打下基礎。

安安亮亮，媽媽最近常問自己「我可以奉獻什麼？」媽媽發現自己擅長文字，所以在沉寂多年後，媽媽再度拾起寫作熱情，分享古往今來成功人物的思考及自己成長跌倒與體悟，這也是本文誕生的動機。

愛寫作的媽媽2021/03/15

能付出就是有用的人

安安亮亮：

昨日是星期天，亮亮整天都不在家。亮亮要參與教會的服事，昨日是實習第一次。安安是教會小組的小組長，星期日也是相當忙碌一天，安安要關懷自己組員。媽媽很高興你們姊弟都走在付出的真理路上，能付出自己的才能於教會、團體與人們，就是有用的人。

錦珠阿姨是帶領媽媽認識上帝的人，因為錦珠阿姨的無盡關懷付出，開放她美麗的家給小組成員聚會，媽媽終於在幾年後，剛硬的心柔軟了，就願意受洗成為基督徒。由於錦珠阿姨的付出，先是爸媽受洗，後來媽媽將上帝信仰傳給安安與亮亮；錦珠阿姨的付出等於影響兩代以上的人，改變生命，這影響有多大呀！錦珠阿姨在媽媽心目中地位，不亞於任何教會牧師或有影響力的名人。

媽媽回顧以前成長歷程，就是少了聖經的教導：「又要囑咐他們行善，在好事上富足，甘心施捨，樂意供給人，為自己積成美好的根基，預備將來。」（提前6：18），媽媽很自私專注自己需要上，獨來獨往，很少主動

去關懷別人。媽媽在國中時期功課名列前茅，同學問媽媽數學問題，媽媽沒有很樂意很熱情分享，因為要教會他們要花好多時間。從一些小事無法付出，媽媽更無法付出當社團幹部或為學校付出，所以媽媽的能力一直沒有被開展出來，一直斤斤計較自己的得失，自己的問題。直到上帝的愛人如己的信仰進入媽媽的生命當中，媽媽願意走進人群，服務的心才產生。昨日（星期日）下午，媽媽也在教會當專招服事，回到家是有些累，但心卻滿足喜悅的。

心靈勵志牧師作家諾曼・文森・皮爾博士說：

「當你不再只顧自己，轉而專注於幫助別人的困難時，你就能更有效去面對自己的問題。不知為何，奉獻有一種釋放自我能力的元素。」

安安與亮亮，奉獻就是付出自己時間，心力或金錢幫助別人、教會、團體，你的自我能力就漸漸開展出來，你的能力因你奉獻不斷加添，你的德行因你付出不斷茁壯；「你的奉獻與付出讓你當你開放自己去幫助別人時，改變的道路將為你開啟。」（爾・庫克，美國知名電影製作人）能付出的人就是有用的人。

安安與亮亮，你們姊弟在很年輕時候，就願意擺上上班以外時間為教會做服務，這是非常聰明的選擇，你們的努力付出，會發揮加分影響力，是有用的人，你們將會有更寬廣未來。安安與亮亮在忙碌之餘，盡量在晚上12時前睡覺休息。如媽媽最喜歡詩人泰戈爾說：「休息與工作相

依，猶如眼瞼與眼睛相屬。」

愛你們的媽媽　2021/03/22

改正破壞性的習慣

安安亮亮：

　　安安與亮亮，在2021年4月2日，台灣自強號的火車在花蓮太魯閣出軌，造成50人死亡，146人的輕重傷。這是台鐵40年最嚴重的事故，聞者毫不悲傷哀悼，為什麼要發生這樣的大悲劇？

　　很多大悲劇往往是小小疏忽所造成的，我們沒有做各樣控管，工程車的司機忽視它，卻成為50人死亡，146人受傷的重大災禍。安安亮亮，德國是世界進步國家，德國民族性是以細心精準嚴謹做事出名，老百姓如此，政府也是如此。日本在明治維新，就向德國強盛取經，日本也學習德國做事一絲不苟認真負責態度。所以，德國與日本的產品賣到世界，都是優良品牌的保證。中國有很好一個思想：「齊家治國平天下」，一個人能夠從家裡做起，有條不紊，嚴格要求自己：改正破壞性的習慣，建立好習慣，未來一定可以成為國家的貢獻者。

　　菲爾・庫克是美國電影製作人，在他的著作《超越力》說：

　　「壞習慣是事業的殺手、婚姻的殺手，而且可能永久

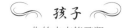
地終結原本前景的未來。」

壞習慣如大的賭博，使用毒品，看色情影片或經常性徹夜通宵玩樂。很多藝人或企業家因賭博或使用毒品或徹夜通宵玩樂，從原本鉅富，幸福的家，最後貧病交迫，妻離子散。而這些壞習慣都是從剛開始一次，兩次到最後成為固定行為模式，而這些固定行為模式造成破壞力，成為一失足成為千古恨，「永久地終結原本前景的未來」。

安安亮亮，想一想自己目前生活有哪些好習慣要建立，那些壞習慣要根除？亮亮的牧師（台北復興堂牧師）柳子駿說：

「我們需要為自己行為負責。」

一個人要為自己行為負責，一定要嚴以律己，讓好習慣成為你的人生夥伴，根除壞習慣（成功的敵人）。花一些時間寫下：要改正破壞性習慣，例如拖延，愛遲到，粗心大意，不運動；彎腰駝背或不整理房間或暴躁或打電動太久或追劇上癮，有了這些要改正對象，你在寫下要如何行動才能擊敗這些壞習慣敵人？這樣反省與行動才能使自己生命雜質慢慢滌盡，讓自己生命水更加純淨昇華。

安安亮亮，媽媽希望你們姊弟養成做事認真細心與早早就寢兩大好習慣，這是媽媽長久以來對你們觀察及個人的經驗累積的體悟。做事認真細心，如德國日本人，一遍又一遍檢查及練習。這種嚴謹細心的態度要成為你們做事的信念與要求。你們不管做任何事，不要粗心大意，心存僥倖，一定要注重細節，徹底做好。太魯閣出軌事件的發

生源自工程車司機出自僥倖心，沒有把公務車好好停在很安全地方。任何事情不分大小，小事做嚴謹，大事自然會嚴謹。好習慣是來自不斷自我要求，長期規律的產物。安安亮亮，先從心的認可：嚴謹的重要性，成為自己潛意識的一部分；然後刻意在生活練習，培養細心做事的態度，幾年後，如小樹長成大樹，成為公司或國家的棟樑。

　　安安亮亮，早早就寢對現代人不容易做到，對你們也不容易；但媽媽真心勉勵你們姊弟要在晚上11點就睡覺，明天可以早起。〈習慣學院〉的創辦人詹姆斯·克利爾（James Clear）在他的著作《原子習慣》說：

　　「當同儕們每晚熬夜打電動，我則建立良好的睡眠習慣，每晚早早就寢。在大學宿舍的雜亂世界中，我堅持讓房間保持整潔。這些改變雖微小，卻讓我有掌控生命的感覺。在大學期間，我是成績頂尖優秀，同時是好的運動員。只要你堅持好習慣多年後，起初看似微不足道的改變，終將以複利滾利，滾出非比尋常的結果。」

　　詹姆斯·克利爾（James Clear）在高中有一場意外，導致他無法從事喜愛的棒球運動。但他在大學時候養成早早就寢的好習慣，這個好習慣讓他成為優良的運動員與學業達人。安安亮亮，媽媽養成早早就寢，每天早上4時以前起床。長期的早睡早起，媽媽養成早上跑步，閱讀寫作的好習慣，這些好習慣讓媽媽度過人生低谷沮喪時光，在每天早晨戴上光明眼鏡看自己的未來，然後努力寫作要成為心靈勵志作家；早起運動使媽媽維持健康青春好活力。如

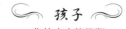

聖經云：

　　「再者，你們曉得，現今就是該趁早睡醒的時候，因爲我們得救。……我們就脫去暗昧的行爲，戴上光明的兵器。」（羅馬書13：11~12）

　　安安亮亮，趁早睡醒的時候，閱讀或運動或思考，這樣好習慣建立將會使靈魂清明甦醒的時刻，是生命的陽光，照亮每一天，且迎接有盼望的未來。熬夜打電動或熬夜看影片或追劇，都是要根除壞習慣，要下決心改變，早睡早起身體好，大多數偉人都是早早就寢。媽媽對你們姊弟深具信心，因爲你們是光明之子女。

　　　　　　　　　　對你們有信心的媽媽　2021/04/05

Chapter 29

每人爲家煮一道愛的料理

安安亮亮：

今天媽媽要對你們姊弟分享一個主題：每人爲家煮一道愛的料理。爲什麼每人爲家煮一道愛的料理？這是媽媽結婚30年後的今年（2021年）所領悟的道理。

媽媽喜歡閱讀，休閒時間都用來閱讀，對於進入家的廚房煮三餐，都是盡責任義務而已，從來不會想在料理三餐有所長進，追求色香味俱全。或許媽媽的心中隱藏著「煮料理是雕蟲小技，人生還有比料理更重要追求」的認知。大概媽媽錯誤認知下，從你們有記憶以來，我們家都吃千篇一律的三餐。聽說在你們四歲、五歲左右，曾經把媽媽爲你煮的「美食」偷偷倒掉，這件事，媽媽早就忘了，是亮亮在最近提起往事，媽媽才恢復記憶。

媽媽會愛上料理，是有故事的。由於2020年新冠狀肺炎病毒，很多在海外的人都無法回家過農曆年。今年（2021）農曆大年初一，安安要邀請不能回香港過年的小組姊妹及她高中同學（自己一人過年）到我們家吃飯。

媽媽一聽說要由我來辦桌請客，讓不能回香港過年大學生與單獨過年的未婚女生有家的感覺，這千萬不能推

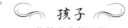

辭，「靠著那加給我力量的，凡事都能做」（腓立比書4：
13）我一定可以辦桌請客的。話雖然這樣說，媽媽有自
知之明，廚藝不好，所以趕緊上YOUTUBE學幾道菜：珍
珠丸子及蝦仁料理、炸雞塊，干貝料理加上原本會的蒸魚
與炒波菜與香菇雞湯。當大年初一晚上，媽媽辛苦一個下
午，終於誕生了七八道料理，擺上桌，看起來充滿誠意盛
情。二位安安朋友加上我們家四人，我們六人吃得很開心
很美味可口，賓主盡歡。

　　第一次做珍珠丸子，改良式炸雞塊，兩位客人評價
都很高。這對媽媽真的是很大鼓勵：原來料理只要有心學
習，一定會進步好吃，有機會成為料理高手。農曆大年初
一（國曆2月5日）後，媽媽只要有空，就上網學做菜。兩
個多月認真努力結果，每次晚餐要爸爸和亮亮打分數。亮
亮為媽媽打分數：500分；爸爸看著亮亮，也打分數500
分。亮亮說：「媽媽的廚藝突飛猛進了。」媽媽聽到500
分，自然樂不可茲；媽媽想到一句話：「一頭豬好好誇獎
一番，牠就能爬到樹上」，被鼓勵的媽媽，會繼續懷著愛
去做不同料理。媽媽這樣告訴自己：上網學料理，讓自己
多會幾道美食，讓家人吃得開心滿意滿足，是很愛家的首
要任務。

　　亮亮，傳統家庭，男生，男士是不會進入廚房的。
所以有「君子遠庖廚」說法。男主外，女主內這樣觀念深
植人心。最近媽媽體會，若男生在家，偶爾向媽媽或上網
學習幾道料理；結婚後，有時候讓太太休息，自己為全家

煮料理，這也是愛家的表現。印度詩人泰戈爾說：「神會對偉大帝國心生厭倦，對小小的花朵卻永懷眷戀。」家就是小小花朵，雖比不上外面帝國世界，卻是人最眷戀最美的地方。亮亮是現在忙碌工作，有時候在假日學做一道料理，是一種舒緩工作的壓力，很有居家的味道。未來亮亮結婚，你可以像爸爸一樣，在假日為你的妻子煮一道「愛的料理」，我想你的妻子會充滿幸福感。

安安，目前你會簡單幾道菜，很棒。未來你結婚有個家，記得要對廚藝下功夫，熟能生巧，你一定可以讓你的孩子吃得盤子光光，愛的指數500分。女性不管身居什麼位置，有自己事業，還是要空出時間煮幾道菜，表達對家人的愛。德國總理梅克爾在她當德國總理，下班後，仍照樣上超市買菜，為家人煮晚餐，多麼了不起的梅克爾，既聰明處理國家大事，又慈愛兼顧幸福的家。

安安亮亮，每個人為家煮一道愛的料理，讓家飄著幸福香味，全家和樂融融一起用餐，媽媽想這是人生甚美好一幅圖畫；願這幅畫張掛在每人家中。

不再討厭煮三餐的媽媽 2021/04/19

說出：「我一定可以做到」 來塑造自己

安安亮亮：

　　媽媽終於把超過10萬多字文稿寄給出版社了。媽媽在重新拾起筆寫作時，有時候會灰心，懷疑自己所寫文章究竟是否能順利出版，媽媽會自我勉勵：「我一定可以做得到，我一定可以寫出激勵人心的文章；我的文章一定會被出版」；就因常說「我一定做得到」，媽媽現在還是繼續寫作，沒有放棄寫作的夢想。

　　每個人都有軟弱的時候，但若能說出自我鼓勵話語，往往很快精神振作起來，勇敢面對生活。今天媽媽要對你們姊弟勉勵主題：要說「我一定做得到」來塑造自己。

　　安安亮亮，你知道媽媽有閱讀的好習慣，茲分享媽媽最近讀書筆記：

　　〈塑照我的話〉這首詩的作者李海音修女說：

　　說幸福的時候

　　我的確變得幸福

　　心中流出清泉

　　說感謝的時候

感謝之心湧起

我的心變得更純淨

說美麗的時候

我一時間成為美麗的人

心中一角亮了起來

說話的時候

我再次體會

說出好話塑照我

美國心靈學家喬‧維托（Joe Vital）在《相信就可以做得到》說：

「想像自己是神。這項練習是要你屏除框架，放大格局。上帝不會擔憂，不會小裡小氣，祂希望你格局是可以摸到天空，無所不能，無邊無際。」

《彩虹原理》作者車東燁說：

「要常說『我一定能辦得到！』我一定能得到幫助！以正面心態與話語重新繪製你內心的自畫像。說著我能辦到的人，最後就能辦到；說著我無法辦到的人，最後就無法辦到。」

以上是媽媽讀書筆記，這筆記重點：話語有無比力量，說好話得好的結果。安安亮亮，你們是神的孩子，你們的血液就是神子的「無所不能」的尊貴血液，你們身上有無數潛力，未來充滿創造。正如電影的「獅子王」的老獅子王對兒子說：

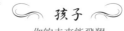

「你必須記住你是誰。你是獨一無二的國王。」

電影中辛巴達本來逃避自己，不肯去面對叔叔奪去國王寶座。後來他想起爸爸的話：「你是國王」，於是勇氣油然升起，「我一定可以打敗敵人（叔叔）。」電影中結局，辛巴達做到了。電影人生，用在自己的人生也是適用。

安安亮亮是神兒女，獨一無二出色，當你們認為自己受造奇妙可畏，有偉大的命定，你們的境界就是天人合一的境界，你們的眼光看見好寬廣且無比塑造的自己，在面對自己登人生這座山峰，一定會鏗鏘有力說：「我一定辦得到。」不斷克服困難，更上一層樓。

安安亮亮，在未來，有無數的未知工作任務要你們一一去完成，還有你們心中的夢，要去實現。每次面對挑戰，就以「我一定辦得到」來塑造自己；每次如此，長期下來，凡事都會做，且做得令人刮目相看。你們「一定辦得到」的形象就很鮮明呈現出來。

安安亮亮，「我一定能辦得到」希望成為你們現在與未來面對挑戰的積極話語，且為神做更大的事。安安亮亮，請相信自己，你們一定做得到，如芥菜種子，起初微小，終成大樹。

相信你們會成大樹的媽媽 2021/4/26

Chapter 31

給女兒的信中信

安安：

　　很開心你是我的女兒。五月分是教會的家庭月，五月第二個禮拜天，是母親節。安安，媽媽這輩子最感到驕傲是當母親。當母親，歷經懷孕之漫長10個月的辛苦歷程，尤其在等待baby出生，在經過生產大關，一個嬌貴女生因母親的角色，日漸堅忍成熟。

　　安安，今天是2021年（民國110年）5月4日，媽媽最近在看我以前寫的文章。當媽媽閱讀我寫給你在我腹中的baby，當時那個即將當母親的我心情，依稀清晰感受出來。安安，你已經長大了，成為一位聰慧美麗的姑娘了。現在媽媽，請安安閱讀當你在媽媽肚子時，一個為人母的心情。

給未出世的小Baby的三封信

1.給小Baby的第一封信

　　Dear Baby：

　　小Baby，你仍然在我的肚子中，未降臨到這個世界。

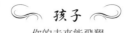

我與你的爸爸都在期待你的降臨，雖然你遲遲不肯出生，帶給我不少緊張、不安，但是我們仍然很願意尊重妳的慎重決定，不管是民國八十年，或八十一年初，反正妳的生日是在這個範圍，只要不要相差太離譜，我仍試著以一顆平和的心迎接你的光臨。

前些日子，我日夜期待妳的出生，因為如此，我才能如釋負重，不再擁腫，同時能擁有一位可愛的小Baby。因此我蟄居在家中，不敢出門，如逛街、看電影或到植物園散步，一切都怕你會不按理出牌，急著出來與我們見面。但是十幾天過去了，我每天面對的是空蕩蕩的大房子，一人獨自讀些書，練練書法來排遣漫漫時光。你仍然安安穩穩定、大大方方在我肚子中，沒有降臨的跡象。

兩三天前，我常對著你的爸爸、阿姨及關心你的長輩抱怨妳的姍姍來遲，讓我心緒多麼不安寧啊！多麼希望聽到那聲響亮「哇」一聲，讓大家喜悅地看看你。昨天是聖誕節，我與妳爸爸躺在床上說著你，我還試著打電話給妳，與妳共同約定：聖誕節晚上，我們母女相見。不知道妳不懂我的國語，還是在睡覺中甜密熟睡，總之，你爽約了，妳仍然安安穩穩、大大方方在我的肚子中。

已經期待妳的出生，好些時候了，心情一度緊繃，不能放鬆，如今確實有些彈性疲乏了。試著以隨緣、自然的心來面對你的來臨。只要小Baby平安、健康、正常，一切的煎熬及等待，都如雲煙般，隨風而逝。小Baby決定權在於你，有關你的「出生日」，我不再勉強妳了。

妳的媽媽於80年12月26日晨

2.給小Baby的第二封信

Dear Baby：

今天是道地的冬天，天空陰陰的，卽使我沒出門，在家中仍感到一股寒冷。在這樣的寒冬裡，小Baby妳大槪不會選擇今日來到人間！？

已經有3天了，我選擇勞動方式來度過，書法和讀書等的靜態活動暫撇一旁。行憲紀念日，我將家中髒的櫃子、冰箱及廚房澈底清洗一番。12月26日我去看電影、逛遠東百貨公司，下午四點多才回家；27日我產檢後，直接到三重的何嘉仁書店站著看書，一站就2個多小時，拎著兩大包的書回家。回家後，又從書店買來的海報貼在妳的房間。三天的生活型態都是動態的，自己在動態後的果是：腳疲累，唯有藉著睡覺才能早些消除之。三天的體力勞動，其來自一個潛意識的動機：讓小Baby能儘量降臨，不再姍姍來遲。

昨晚妳的爸爸比平常晚歸，約十點才回家。一人在家中，躺在床上，腳雖然很酸疼，上廁所走路時，有些笨重，有些走不動，但是卻無法入睡，因爲自己的情緒有些沉悶、焦慮。爲什麼自己驀地不太開朗，最主要的原因是妳的姍姍來遲，已讓我失去原本平和、安寧的心，無數日的盼望皆落空，妳依然安安穩穩在媽媽肚子中。

期待落空，心情就如冬天般陰霾，不過與妳爸爸和小

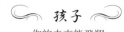

燕阿姨在電話中傾訴（小燕阿姨也有些煩惱），不過與小燕阿姨聊聊心有些舒暢，不明朗的心情也漸漸有些歡愉的曙光，在這放下心中的重量，漸入夢鄉。

　　親愛的小Baby，以上就是你媽媽忠實的記錄，或許好多年後的有一天，妳能相契我這種神經質及懷孕女人的種種情緒起伏變化。小Baby，我現在亟需的是一份耐心，耐心的等待。不可太焦急，太慌亂，讓妳在平和中來到人間，這是我未來幾天的重要的功課與信念。

80年12月28日晨

3.給小Baby的第三封信

　　Dear Baby：

　　昨天晚上我在睡覺面前，妳比往常活躍，四處碰撞。一會兒踢到媽媽某個器官，一會兒又往下鑽。似乎想突破某層的障礙。在妳的「生龍活虎」胎動下，我無法入睡，我有些擔憂，從床上下來，告訴正在客廳看書的爸爸：「小Baby不知道爲什麼動得那麼厲害，已經超過一個多鐘頭了。」妳的爸爸當然不知道該怎麼辦才好，不過我們兩人取得共識：隔天早晨到醫院檢查檢查。

　　今天早上，我真的到三重的宏仁醫院檢查。我告訴醫生我的擔憂：胎動很明顯，昨晚動了一個多小時。醫生雲淡風輕說正常。我不放心，再一次提醒醫生：今天是小Baby的預產期，前兩天有點落紅的現象。於是醫生決定「內診」，以了解是否你將出生的徵兆。醫生告訴我，

『距離你的出生日還須等待一段日子。』走出醫院，心情已經有些放鬆了，反正我的小Baby的出生日已是81年1月分的某一天了。多日來的重量，似乎在這剎那間有些減輕了。反正，今天是不可能小Baby的出生日，可以到處逛逛，甚可到植物園看畫、散步。

　　從我懷孕滿36週時，我就開始數日子，日日夜夜期待著「妳出生的偉大時刻」，但是整整四週就如此漫長挪移著，各種心情交織著。有時非常苦悶時，也有很無奈的情緒，當然也有平和之時。只是心情起起落落，日子如無法像未懷孕時般正常，缺乏某種奮鬥、打拼的朝氣，帶些慵懶及鬆懈，任大塊時間從我眼前解體。如今四個禮拜已過，28天的期待已好容易劃上句點，但是小Baby妳仍然沒有降臨的意願。你的媽媽也須等待些日子，不過那麼漫長的日子都打發了，還計較未來幾天嗎？反正不能超過預產期兩週，易言之，可愛的小Baby，儘管妳喜歡躲在媽媽舒適的肚子裡，不過從今天算起，頂多十四天，妳將出生，來到這個大千世界。

　　或許過多的期待，造成心裡的負擔，如今自己有些解放，反正與我相同處境（超過預產期才生下小Baby）的孕婦，也是處處可聞，心情放輕鬆些，媽媽何不趁小Baby未誕生時，好好讀英文，否則當妳出生時，我一定忙於照顧妳，母親的角色的扮演，又會使我緊張、慌亂，而將日子擰乾，不再有充分的時間閱讀思索。

　　可愛的小Baby，懷胎十月真的不是很簡單，有些辛

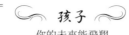

苦，有些緊張，更有些擔憂，是不是生命的意義就在其中。

　　　　　　你的大腹便便的媽媽80年12月31日午後

　　安安，媽媽第三封信是12月31日寫的，經過6天，你在1月7日出生。媽媽生你過程，歷經17個小時很辛苦，很艱難難產，最後媽媽生平第一次上手術台，剖腹生產，經歷生死交關；你終於誕生了，這世界因你誕生，更加美好。媽媽希望你一生平安順利，所以取你的名字：安利。

　　當時懷媽媽生你，尚未信主，心有很大害怕擔憂，尤其上手術台麻醉，當自己醒過來，恍如做大夢。29年過了，對時情景還是歷歷在目。「兒女是耶和華所賜的產業，所懷的胎是他所給的賞賜。」（詩篇127：3）我謝謝上帝，將安利這麼聰慧女兒賞賜給我，媽媽心感到驕傲與安慰。「願耶和華賜福你，保護你；願耶和華向你仰臉，賜給你平安。」（聖經的話語），媽媽將你交託給上帝，媽媽心看見，在神愛中，我的女兒安利：一生平安順利，成為世上的鹽和光。

　　　　　　　　愛安安的媽媽　2021/05/04

Chapter 32

兒子，我看見你的亮點

亮亮：

　　人生很多事是不按理出牌。媽媽很愛運動，在學校3000公尺長跑比賽也拿了好幾次冠軍，這樣的良好的體質應該很容易生小孩，偏偏媽媽是個「不按理出牌」的人，兩次生小孩都屬「驚心動魄」，面臨很大危機。

　　姊姊安安，喜歡安穩在媽媽肚子，超過預產期7天，才願意誕生這個世界。亮亮是弟弟，卻急得來認識這個世界。媽媽在懷你8個月時，可能那時在教書加上做家事，又照顧一歲安安，可能動了胎氣，你急得要出來；媽媽去看醫生，主治醫生楊振銘告訴媽媽說：「小baby只有32週，出生太小了，要住在保溫箱。能安胎盡量安胎，因為小baby住在媽媽肚子是最好的環境。」

　　就這樣媽媽就住在馬偕醫院安胎。媽媽平日有運動習慣，但安胎的孕婦，能不動就不要動。媽媽為了讓小baby有個安定環境成長，最好到安胎到預產期，媽媽克服自己「好動」的本性，乖乖躺在床上安胎，雖然靜靜躺著很辛苦（對媽媽來說），因有忍耐結果成的心，媽媽心情倒是平穩。

　　亮亮，也是如媽媽不按理出牌，偏偏在82年2月2日，你只有36週，離預產期還有27天，你在媽媽肚子胎動非常厲害，橫衝直撞的，知子莫如母，我知道你已經很想出來了。當時，爸爸在上班，身旁只有從彰化來探望女兒的外公外婆。我告訴外公，趕快打電話給爸爸，要爸爸趕緊到馬偕醫院來，媽媽情況很緊急：「安胎安不住了。」爸爸接到電話，火速趕到醫院看媽媽。

　　當時主治醫師楊振銘在淡水馬偕醫院看診。爸爸只好求助實習醫師，告訴實習醫師：「我太太安胎安不住，且小baby胎位不正，無法順產。」實習醫師可能經驗不足，認為應該可以撐過一天。亮亮，你的爸爸自己做個聰明判斷，透過護理長的幫忙，直接聯絡上在淡水看診主治醫師，爸爸一五一十告訴媽媽的緊急情況。楊振銘醫師聽了，直接告訴護理長，要護理長帶護士，馬上為我換上手術衣服，及準備手術事宜，將媽媽送進手術房，等候楊振銘醫師從淡水趕回開刀。

　　亮亮，你遇見生命貴人，媽媽也遇見生命貴人。楊振銘醫師很火速從淡水趕緊回台北馬偕，直接要進入手術房。你的爸爸早已準備大紅包要塞給楊振銘醫師，希望他盡力搶救情況很危急的母子。楊振銘醫師義氣凜然說：「馬偕不收紅包，這是他份內的事。」在2月2日當天下午，在楊醫師的高超醫術下，母子均安，亮亮出生2600公克，醫師說，雖然提早27天出生，不用住保溫箱。感謝一位好醫生——楊振銘醫生，是一對母子的生命貴人，有了

他做最智慧的處理與決定，亮亮才可以安全誕生，媽媽才能活著寫今天的文章。

幾天後，我抱著你餵你吃奶，你抱媽媽很緊，好像你很需要安全感。我看你那麼小（只有45公分），又經過一番奮鬥才到人間，媽媽看著你忙著吃奶，心裡有很深感觸與感動。「小baby大難不死必有後福。」珍惜生命吧。每個嬰兒都是母親很辛苦懷胎，又經過生產大關，才誕生於世界；媽媽遇見好醫生拯救，才轉危為安，充滿感恩之情。

亮亮，今天這篇文章寫那麼多有關於你出生前後的事，主要讓亮亮知道你的出生不是偶然的，是遇見生命貴人的。這生命貴人包括外公打電話給爸爸；爸爸做正確判斷，直接連絡主治醫師，主治醫師馬上做智慧決定，立即開刀；整個環環相扣，才能迅速在短短時間讓你想提早27天出生就平安出生。我想你的出生是那麼不平凡，神應該對你有偉大計劃。

春夏秋冬過，時間過得真快，昔日的小baby，小男生，現在亮亮已經28歲了，在上班了。亮亮在大學受洗，假日如媽媽走進教會主日小組，同時也參與教會的服事。神是光，當光來了，黑暗就走了。媽媽為你取名字：友亮。當時未信主的媽媽，喜歡三國時代諸葛亮。希望你像諸葛亮一樣聰明天才。後來信主，則希望友亮，一生有亮光，做人間光明的大使。「友亮」台語發音是有量，意思是寬宏大量，媽媽希望你對人寬宏大量，不去計較他人的得失；看別人的優點，善待他們。另外友亮是「有亮」同

音異字，媽媽希望在神的光中，你一生有光亮。

兒子，媽媽在你從小至今，已經28年了，我在你身上看見亮點：你相當聰明，你可以成為你想成為的人。你的聰明如一匹黑馬，本來不怎樣，後來你恍然大悟一些事，於是下定決心要展現潛能，結果真的如黑馬，後來居上，令人刮目相看，成為別人的焦點，亮點。由於你天資聰明（小時候你學校的智力測驗，很高分；你高人一等喔！），凡你想做的事，你都有能力做到。何況你還有一位偉大的神做靠山，「耶和華是我的亮光，是我的拯救，我還怕誰呢？」（詩篇27：1）友亮若生活遇見難事，或心情很黑暗，看不見自己的亮點時，記得要尋求神，親近神，讀神的話語，讓神的光伴著你，不在黑暗裡，走進愛子光亮的旅程上。

亮亮，媽媽看見你的亮點，上帝也看見你的亮點，所以對未來要充滿偉大的計畫和光榮的盼望。如皮爾博士說：「要思考雄偉壯大的事。要祈禱、相信、實行、去愛。自己也成為雄偉壯大的人物。在各方面都要雄偉壯大。」亮亮，多思考人生的亮點，多接觸那些光明人物，多結交良師益友（友諒的意思）你將可以成為你想成為的夢想人物。「不要效法這個世界，只要心意更新而變化」（聖經的話），亮亮將會興起發光，媽媽的眼睛已經看見了。

愛亮亮的媽媽　2021/05/11

Chapter 33

從新冠肺炎學到什麼

安安亮亮：

　　昨日吃完晚餐，我們一家人戴著口罩，到家附近生態社區走一走。剛好看見一對夫妻帶著一對讀小學兒子蹓躂。台灣正面臨新冠肺炎大敵，人不多。抬頭看著天空，月亮溫柔照著大地。「大蒙眷愛的人哪，不要懼怕，願你平安，你總要堅強。」（但以理書10：19）聖經的話語油然在心中響起。

　　媽媽看見社區所有涼亭與遊樂設施都圍著黃色布條：不准使用，直到5月28日。看見涼亭空蕩蕩被圍起來不准使用，記憶以來，這是頭一遭。我們都看見那位熟悉流浪漢很憔悴很孤零零地拿著很簡單的幾個家當坐在長椅上，旁邊有一隻跟他一樣無精打采的狗。顯然他的棲息處涼亭，現在是不准使用的。「他今夜睡那兒？」「他還是會想辦法的。」爸爸如此說。媽媽心頭有些酸酸的感受。

　　由於台灣新冠肺炎疫情嚴峻，警戒第三級。所有外出者都要戴口罩，室內不准超過5人，所以上班就在家上班、餐廳，遊樂地方紛紛門可羅雀，到超商買東西，都要實名登記。兒子宅在家上班，他開玩笑說：「媽媽以前說我一

直宅在家裡不好，現在宅在家裡救台灣。」我聽了，笑笑
無言。

　　「從新冠肺炎學到什麼？」看見那位40多歲的流浪
漢，或許對他來說，在新冠肺炎肆虐期間，連涼亭都無法
進入；家應該是避難所，浪子該回家吧（聽說他是基隆
人）。就像那位70多歲的老太太，要他回家，找個正職工
作，不要懶惰，不要流浪無所事事；趁年輕有體力勤奮打
拼，這樣才有生活的尊嚴。這些話，媽媽在半年前跑步後
休息時，有位老太太主動跟媽媽提及。「趁年輕要打拼，
才有個家遮風避雨」，媽媽真的由衷希望這位流浪漢從新
冠肺炎，連涼亭都無法進入，能恍然大悟這層道理。

　　從新冠肺炎學到什麼？有家人真好。瘟疫風聲那麼
大，大家談新冠肺炎色變，心中有那麼一些小小恐慌。但
宅在家裡，家人說說笑笑，笑聲淹沒外面的風吹草動。
哇！笑聲是最好醫生，身體充滿快樂能量，聽說快樂是病
魔的剋星。想一想，應該要有感恩讚美的心，謝謝家人，
眼眸閃現家人的優點。不要老是覺得別人家的庭院特別
美，別人的父母或老公或妻子，特別高人一等，有錢有勢
有地位，才貌雙全。感恩上天的美妙安排，讓我們成為一
家人；感恩我們可都宅在家裡，相互陪伴，共同對抗瘟疫
大敵。讚美可讚美家中爸爸媽媽，親密的愛人或很天才的
兒女，讓家中充滿流暢的音符，開花的笑容；真的，如此
一來，新冠肺炎連敲門都不敢敲門，因為物以類聚，這不
是它的地盤。

　　常常冷戰的夫妻，就開口讚美對方，暖語融化會冰冷的空氣，帶來室內的春天；常常覺得妻子嘮叨或妻管嚴的丈夫，就微笑傾聽妻子宏亮聲音，看著妻子說話，活著真好。從來沒有向父母說：「我愛您」，今天就可以對爸爸媽媽肉麻說：「我愛爸爸；我愛媽媽」；你若真的這樣說，保證會讓你的父母會覺得沒有白養你，心花朵朵開，備受一百個一千個的安慰；從來沒有稱讚孩子的父母，在孩子睡覺前，就開口稱讚你的孩子，說不定你的孩子是下位發明家愛迪生。甚至分居夫妻或離婚夫妻，其實在這波新冠肺炎期間，好好思考復合的可能性。新冠肺炎想吞吃人哪，世界一片冷漠隔離危險，只有家人最親，是親密戰友，團結力量大，瘟疫算什麼？家人間的愛最大，愛無敵。

　　新冠肺炎學什麼？媽媽學習到了除了做身體運動外，還要做心智運動。這是今天早晨媽媽跟媽媽的心靈兄長皮爾博士請教的。皮爾博士說：

　　「我請教那位從小體弱多病，現在很健康86歲的威廉·丹佛斯：『您是如何將身體保養得如此棒？』」

　　「我平常做一套屬於我的體操運動外，除此以外，我還有心智運動。想著健康——頭腦要一直想著健康。」

　　在公園常看好多人在運動，走路，做體操，跳韻律操與跑步等等，這都是很好養生之道。除此以外，在新冠肺炎三級警戒時，你還要學習做心智運動——不斷想著健康，你的心牆壁上張掛一幅你健康活到98歲的健康的圖

畫。每天想這幅健康圖畫開開心心；心想事必成。

　　新冠肺炎學什麼？媽媽學習：不要一直閱讀新冠肺炎恐慌害怕相關訊息，媽媽會選擇將注意力集中在美好向上提升的書籍與活動。美國心靈學家佛羅倫斯·辛（Florance Shinn）在《失落的幸福經典》說：

　　「我知道有個人很害怕某種疾病，這種病其實很罕見，也不容易罹患；但他卻想像這種疾病，並一直閱讀相關的訊息，最後他終於得到這種病，並死於該病，成為扭曲想像力之下的受害者。

　　一個受夠想像力訓練，只想像美好事物的人，他的每個『正當的內心渴望』，都會在生活中實現。」

　　聖經有云：「你的心在那兒，你的財寶就那兒。」若你的財寶是健康，不是新冠肺炎，只要知道如何防範新冠肺炎（戴口罩/勤洗手/不群聚），其他大部時間你的心就注意讓自己如何超越現狀努力的目標上吧。

　　新冠肺炎學什麼？學習耐心盼望，學習相信自己有神住在心中，擁有無比正能量，你很健康很青春活力宅在家中，讀好書，唱好歌，吃自己煮有機料理，每天都是值得歌頌紀念的好日子。早上起床你就以美國作家查理斯·哈尼爾（Chaarls e Hannel）「大膽宣稱『我完善、完美、強大、有力、熱愛、和諧而幸福』將帶給你和諧的境遇。」你這樣宣稱，等於你體內細胞正吸收你所說，彰顯於外是健康有力幸福。當然神在你心中，你永存盼望，日子雖有些不便，台灣疫苗尚未到齊，然而天佑台灣，台

灣境況會被一隻看不見智慧靈巧的恩手一一逆轉克服；執政團隊與在野團隊與民間，大家同心合一共同擊敗瘟疫大敵。新冠肺炎會過去，台灣依然出頭天，國泰民安，經濟活水要再度揚起流啊流；台灣再度抗疫成功，受到世界眼光的讚賞肯定。

　　總要將危機化為轉機；總要將咒詛化為祝福；總要在新冠肺炎學習一些生存之道，總要幽默輕鬆，如社區綠池塘的鴨子一派輕鬆自在，卻認真在水深處划水。

　　安安亮亮從新冠肺炎學到什麼？媽媽想傾聽你們說出你們的看法。

　　　　　　　　　　愛傾聽的媽媽於台北　2021/05/26

在瘟疫中正直、自強、喜悅

安安亮亮：

好久未對你們說些智慧話。新冠肺炎已被稱21世紀的瘟疫，造成全球死亡人數超過380萬人，心裡很難過很難受；人生實在無常；能夠健康活著，充滿感恩啊。

這次瘟疫算是人類的大危機，在這危機中，每個人或多或少都有存在的焦慮感，尤其被迫在家上班，不能自由社交活動；不能自在搭車搭飛機，深怕被新冠肺炎傳染到。就如安安星期天在line說，好久未出門了，宅在家上班，家中最安全。

安安亮亮，這波新冠肺炎疫情嚴峻，考驗是一個國家人民的品德，是否正直面對。法國文學家阿爾貝·卡謬（1913-1960）在他的有名著作《鼠疫》說：

「能夠對抗瘟疫的，就是正直。正直的人，就是幾乎不把疾病傳染給任何人，這種人總是小心翼翼。而為了做到永遠不分心，就要有意志力。」

安安亮亮宅在家上班，按照政府規定，出門戴口罩；不故意群聚跟政府唱反調；我們家爸爸要採買家中東西，就按照台北市市長柯文哲規定，身分證字號最後數字單號

到市場買東西都要在星期一、三、五。家裡爸爸說，其實傳統市場有很多小路，警察都站在大路上檢查實施；若不正直，天天都可以到傳統市場買。家裡爸爸身分字號最後數字是單號，所以他守法按照規定做。

安安亮亮，在這波瘟疫中，國家命運與人民命運是綁在一起，唯有政府與人民都在自己各自角色盡最大本分，具備正直的品格。政府正直面對三級疫情與疫苗供應的爭取，沒有藍綠對立意識形態，以人民健康福祉爲優先。所謂電視名嘴正直說出眞相，不要沒有根據任意謾罵；人民雖經濟來源一時斷絕，也很正直按照規定不在夜市擺攤；個人在家閒得發慌，很正直做些正當娛樂，不偷偷摸摸找朋友打麻將或一直傳送LINE大批眞眞假假的訊息給朋友，造成周遭朋友的恐慌。在瘟疫惡神面前，每個人在自己角色上都要自律，在各方面有正直表現，政府與人民全體如此，台灣島內形成一股英雄的品格，我想我們的氣勢必讓瘟疫惡神轉離而去。

安安亮亮，在新冠瘟疫中另一個好品德是自強。古人云：「天行健，君子以自強不息。」瘟疫是危機，對於一個對未來有前瞻性看法的人，更是自強的好機會。安安亮亮，你們宅在家中上班，可以每天用3分鐘時間將當天重要事情列出來，規定自己要在時間內完成。在工作上還是盡心盡意完成，如聖經說：「凡你手當作的事，要盡力去做。」（傳道書9：10）

安安亮亮，在危機中君子自強不息，除了工作外，還

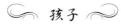

要計劃專業精進，及個人化弱為強部分。疫情期間那兒都不能去，正是下苦功的好機會。人要成功，一定要力經蹲下去跳得遠，閉門專心學習幾年功夫。安安亮亮，媽媽舉個例子，在抗日戰爭期間，國畫大師張大千很有計畫到小小敦煌泥屋中研究敦煌壁畫，臨摹了壁畫276幅。276幅畫呀！一筆一筆畫，日日如此，耐心閉門在那小小空間觀摩學習，心無旁騖在畫畫技巧精進，一絲一毫得不懈怠，一幅又一幅完美完成，在畫藝上自強不息。張大千在這3年（1941~1943）苦苦在壁畫臨摹下功夫，為自己成為世界級大畫家奠定深厚的基礎。所以張大千的畫畫之所以拍賣天價被企業家珍藏，完全是自己自強不息自我要求而來的。

安安亮亮，媽媽最近看網路報導：星宇航空，從2020新冠肺炎疫情爆發至今，已虧了19億元以上，星宇航空董事長張國煒心保持希望，不被虧損嚇壞自己的壯志。張國煒抱著危機就是轉機，溢滿改變點子，在這波疫情危機中，持續改善內部流程，強化競爭力。張國煒的自強不息是等待危機過後，星宇航空可以飛得更高更遠，成為最佳品牌。公司如此，個人也是如此。

安安亮亮利用這波疫情危機，花一些時間思考自己未來的路要如何走，立下目標，自我要求學習，讓自己在專業上有良好基本功，為人群提供更好的服務。有夢想的人都會要求自己自強不息，成就更好自己，飛向無限可能的生命天空。媽媽看好你們姊弟，如老鷹展翅上騰飛翔。安

安亮亮，在瘟疫中要有喜悅時間放鬆自己。聖經說：「那等候耶和華的必重新得力。」（以賽亞書40：31）喜悅放鬆等候，就能重新得力。每個人要適度放鬆，找出自己最合適自己安息時間，讓自己擁有甜蜜的靈（媽媽的口頭禪）。甜蜜的靈會讓自己不會覺得生命充滿窒息苦澀與傷感，而是帶給對未來的美好想像。

諾貝爾文學獎得主卡謬說：「每個人心中都有瘟疫，沒有一個人免除得了心中瘟疫。」每個人在面對這波外在瘟疫中，內在瘟疫就是焦慮，內在有深沉無奈與孤獨感。「那些不知道消除憂慮的人，都會短命。」（亞利希斯博士說）要消除瘟疫中的焦慮感，就是要有喜悅時間放鬆自己。

上週亮亮利用2~3個小時間將他的房間徹底整理，本來髒亂的房間，頓時明亮整齊起來，亮亮身在其中，心情喜悅開心。安安，若你感到心情有些煩悶，就動手整理你住的房間吧！外在明亮乾淨了，裡面就明亮乾淨了。除此之外，運動放鬆也是可以聰明考慮的。你們都知道，媽媽都利用較少人時段跑步，以跑步來放鬆自己，一週5天。安安亮亮正處在年輕人階段，每週一定要規定自己至少3次流汗運動時間，一方面鍛鍊身體，另一方面可以釋放內在焦慮。

上週五下午五點半，媽媽感謝亮亮陪伴，我們戴著口罩一起騎UBIKE，從北投出發，沿路騎過紅紅彎彎的關渡大橋，觀音山翠綠在淡水河畔，夕陽在天空照在水面寫

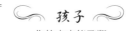

詩，海鳥自在飛翔，船隻在前進，浪花滔滔唱歌；青山綠水的大氣磅礴的國畫就在眼前，加上晚風習習吹來，媽媽心情甚是舒暢無比，心裡早就忘了北市的3級疫情，樂而忘憂呀！安安，所以你說，你都宅在家裡最安全，不過如媽媽與亮亮離開人群去騎UBIKE，也是人煙稀少很安全且充滿大自然喜悅。騎騎UBIKE青山綠水，看觀音山，夕陽照在淡水河，可是國際級視野旅遊，很多國家沒有這樣美好旅程。安安偶爾出來遠離人群，兜兜風不錯喔！

　　安安亮亮，每個時代都有危機；人一生也充滿危機，媽媽贈送你們在瘟疫危機中：要正直、自強、喜悅。新冠肺炎瘟疫會過，但我們在這危機中所努力過點點滴滴，10年後再回首今日種種，願我們露出英雄笑容。

愛你們的媽媽　2021/06/16

Chapter 35

工作成就美好的一生

安安亮亮：

　　一直想跟你談一個主題：勤奮工作。現在是六月底，是大學生（包括研究生）畢業月分，很多人都將要離開學校，找工作。工作在人一生中是主題，人藉著工作自立立人。

　　今天早晨媽媽去社區公園跑步，又看見那位40多歲流浪漢躺在長條形石椅睡覺。由於雙北市新冠肺炎三級疫情，爲了不讓人在涼亭群聚聊天，所以涼亭都圍上了布條，這位流浪漢本來是以涼亭爲棲身所，現在只好夜宿在長條形石椅上，一大早，媽媽看他在這麼美麗的社區公園，如此窮困如此孑然一身，心戚戚焉。那位社區公園40多歲的流浪漢是有形的流浪漢；還有一種精神流浪漢，依靠著父母的錢，不肯外出工作，一天過一天，當個懶惰的啃老族。不管是有形流浪漢或無形精神流浪漢，他們都沒有工作意願，沒有生活目標，過著消極散漫的生活，可想而知他們的10年後，20年後，30年後的蕭條人生。所以，勤奮工作於自己，是收入來源，安身立命之本；勤奮工作於社會，是促進社會繁榮進步。勤奮工作應該是人重要利

己利人的生活態度。

　　勤奮工作是我們傳家的三寶之一。是爸爸媽媽所重視的。工作就如同美國作家金克拉說：「只要我幫助人得到他們想要的東西，我就可以得到相當於我自己想要的。」工作就是一種供需，提供服務給需要一方。安安在社會工作已經五年了；亮亮也有一年多，媽媽看你們出門工作，心裡非常高興。所有工作都有其貢獻，都會在社會各角落發光。很年輕30多歲的北京作家趙星說：

　　「人生是每一天的累積，明天過得好不好，取決於你今天怎麼過。所有美麗的結局，都是竭盡全力得來的。不要讓未來的你，討厭現在的自己。」

　　安安亮亮，是的，「不要讓未來的你，討厭現在的自己」，現在的自己就要立下奮鬥的心志，兩眼燃燒著信心光芒，雙手靈巧要寫屬於自己的幸福人生劇本；然後雙腳勇敢走進工作，開採這充滿寶藏的世界。

　　在工作選擇上，以自己的興趣為主，做一個讓自己幸福滿足事業，滿足別人的需要，當然能夠選擇一個走到世界角落都歡迎工作，那是最好的。任何工作都有其辛苦一面，天下沒有白吃的午餐。就像你們外公當農夫，春耕–夏耘–秋收–冬藏；你們祖父當木工，一棟房子做完了，再做下一棟；你們的爸爸也是努力工作代表，每天早早出門，到黃昏才回到家。春去秋來，多少年過了，家就建立起來，孩子也受教育，長大成人了。他們都是勤奮工作者，成就自己美好的人生。雖沒有大富大貴，卻充滿生命奉獻

的意義。

　　各行各業都為社會需要，行行出狀元。每個人一生不管選擇何種工作，一定抱著勤奮學習勤奮付出，吃苦流汗幾年打拼，才能在這行業立足。恆毅力在工作是很重要的。剛開始未找到最符合自己的工作，當然可以換，但千萬不要一年換了24個老闆，這個位置還未坐熱，又換了下一個，換來換去，如工作的候鳥，滾石不生苔，無法在一個領域專精出類拔萃。放眼台積電創辦者張忠謀；鴻海董事長郭台銘；雲門舞集的創辦者林懷民；寫愛情小說的瓊瑤；演藝界的張小燕；唱歌的費玉清；他們被大家看見，被大家鼓掌；被社會肯定，主要的是他們在工作上至少奮鬥超過40年，甚至50年。

　　媽媽最喜歡皮爾博士，他在美國當牧師50多年，又兼寫作，出了40多本書籍。世界有名童話大師安徒生在他要以寫作為工作時，他的雕刻藝術家朋友勉勵安徒生：「每天都要寫作，就像他每天都要雕刻一樣。如此態度才能成為大師。」安徒生聽進去忠言，他不但每天寫作，月月寫作，年年寫作，直到他不能寫為止。所以，安徒生的童話是建立務實的寫作（工作）態度。很多人成功了，對社會國家有相當貢獻，同時他們人生如此豐富多彩，主要他們的恆毅力，一輩子從事相同工作，在相同工作精益求精自強不息，成為那領域的專家。

　　安安亮亮，媽媽對你們目前能夠擁抱工作，心頭特別感到驕傲。針對過去媽媽在工作上犯了錯誤，在工作的思

考反省與你們爸爸在工作的優點，提出3點叮嚀：

◎喜歡目前的工作與位置

　　每個工作都有其不可取代位置，任何位置都有其重要性與影響力，不要因所處是低層工作，就生埋怨的心，覺得自己能力被埋沒了，心情鬱鬱寡歡或因低層，就敷衍了事應付。小學老師雖然社會地位比不上大學教授，但誰說小學老師的影響力遜於大學教授呢？家庭主婦地位雖然比不上小學老師或專業人士，但我們知道很多家庭主婦培養出優秀下一代，如李遠哲母親培育出一位諾貝爾獎得主。

　　小事做好，大事才能做好，不管你所處位置如何，就真心喜歡它，如成功學作家拿破崙·希爾所說：「你可以就改造自己的世界定出遠大目標，真心去追求。」鋼鐵大王卡內基在他是小職員時，非常忠心他的職位，心裡都是想如何有效率完成工作。由於他每天追求更卓越展現，在一次緊急事件，他頭腦靈敏反應處理，化危機於無形，深獲上司欣賞，獲得提拔。

　　如果你不滿意現在工作，想換工作，你仍然要盡心盡力把目前工作做好，等待機會。媽媽一直不懂這個道理，後來閱讀美國作家華勒思·華特斯的書後，才恍然大悟：任何工作的成功都是盡心盡力的態度與能量。目前工作不適合你，但若以馬虎埋怨態度去做，你也會將這樣壞習慣帶到新的工作領域裡。人的習慣會養成，內心能量是流通的。

　　換工作以無縫接軌最好。不要先裸辭工作再找，於自己於社會都不是最好的。保持社會接觸保持工作感覺，保持有收入，因為很多人裸辭工作，一等就等半年或一年，甚至好多年；儲蓄用了差不多，心慌慌的，安安亮亮，你們都知道媽媽裸辭小學老師工作，就是這樣心慌慌的慘痛經驗。所以媽媽以過來人的經驗分享：樂在目前工作，利用時間加強自己要加強專業工作，邊工作邊應徵，只要你夠優秀，更上一層樓工作大門，一定會在合適時間為你敞開。耐心等候有時是必要的歷程。

◎做到最好

　　聖經云：「無論做什麼，都要從心裡做。像是給主做，不是給人做。」（歌羅西書3：23）做任何事打自內心做，為榮耀神而做，你就會做到最好。就像媽媽常常說：「我的老闆是上帝。」老闆是上帝，當然盡全部心力把工作做好。在工作懶散或混水摸魚，不只老闆損失，於你自己也是損失，因為你的工作能力沒有建立起來且精益求精，離開了這公司，你不是奇貨可居而是讓自己處在相對劣勢。唯有有心把工作做最好，自己的潛能慢慢激發出來，可以獨當一面，讓老闆放心將更大事於你。

　　提倡每個人要喚醒心中巨人的作家，安東尼‧羅賓說：「人生是好是壞，不是由命運決定，而是由你的信念決定。」如果一項工作交託在你手中，如果你的信念：全力以赴，做到最好，這樣的完美信念會讓你盡力去完成且

做到最好。石油大王洛克非勒告訴他的孩子，凡事要做到
最好。當他是公司的小會計時，他認真抓帳，絕不出錯，
做到讓上司十分滿意，對他刮目相看。

　　蘇俄芭蕾舞蹈家帕夫洛娃說：「不休止地朝著一個目
標，那就是成功的祕訣。」一位舞蹈家每天無休止練習，
就是追求最好舞蹈表演，希望呈現完美於觀眾。所有藝術
家，作家都是懷抱如此精益求精的態度，「我最好作品在
前方」。就因這樣追求，才能不斷喚醒心中的英雄，如聖
經的名言：「我靠著那加給我力量，凡事都能做」，凡事
都能做，任何挑戰都能克服超越，發揮潛力，做到最大的
成功。

　　傅達仁先生是台灣有名體育轉播名嘴，他的轉播的妙
語如花帶給觀眾觀賞無窮熱情與樂趣。他接受電視訪問，
他表達他做事態度：做到最好。由於這樣信念，他曾經在
一場體育轉播長達7小時，轉播後因過度使用喉嚨而吐血，
住院兩個禮拜。「做到最好」使他工作廣受大眾的肯定與
尊敬。

　　每項工作難易不同，但有了「做到最好」信念與決
心，往往會獲得加倍的賞賜。嚴長壽先生，一位高中畢業
生，卻能做到大飯店總經理，就是「做到最好」工作態度
使他成為卓越的經理。目前他將這樣態度寫書，他的書也
是暢銷的。

◎與上司做朋友

　　每個職場工作都有上司，不要對上司心存畏懼，與上司做朋友。與上司做朋友後，你可以有同理心知道上司對你工作的心意與要求，你的工作的成果能夠符合上司的要求。上司跟你是朋友這層關係，對你能力更加認識，且心情愉快。

　　如果上司很嚴肅，高高在上，不可親近。那就每天為他身心靈祝福。誠心的祝福，日子久了，會產生無形美好力量，會感染工作環境，帶動工作的效率。由於祝福上司，就不會在同事面前批評上司，說他的壞話，是上司的支持者，另一種朋友。

　　安安亮亮，人因夢想而偉大；人因勤奮工作而成就美好一生。所有夢想工作都是以勤奮為雲梯到達。安安亮亮現在處在夢想起飛之際，好好規劃自己未來，好好在工作全力以赴，做到最好，讓30年後的自己，為自己按讚，很欣喜自我實現的自己，既平安順利（安安的名字）又有光亮（亮亮的名字）在生命舞台上；媽媽滿心祝福你們姊弟，並會引你們姊弟為榮。

　　　　　　　　　　　　愛寫作的媽媽　2021/06/23

把容易的事做好

安安亮亮：

　　愛因斯坦說：「在混亂中發現單純。」這句話深獲我心。走過高山低谷，經歷春秋風雨，在一片混亂生活中，驀然發現原來生命其實可以很單純活著。如生活的禪師所說「好好吃飯，好好睡覺就是好的生活。」若為了天邊的理想與事業，連飯都未好好吃，覺未好好睡，單純生活都無法滿足，又如何算是「活出美好」？

　　安安亮亮，很多人苦苦追求很艱難的事情，卻忽略容易的事。網球名將安卓・阿格西說：「把一個簡單的工作做好，便是對這個世界做出非凡貢獻」，他一生只專注將網球打好就足夠了。網球對於阿格西來說，是容易的事，生活的重心就是把網球這項簡單工作做到徹底，就是成功。放眼各行各業，都是做自己容易掌握的事，在容易事上耕耘，最後在自己容易的領域上有傑出的表現。

　　過去的媽媽，一向看輕容易的事，從來不肯用心把容易的事做好。如穿衣、掃地或人際的相處或基本電腦應用處理。追求高學歷，追求表象的進步，卻忽略生活基本

的事情。上了很多心靈課程，也閱讀很多書籍，卻讓家裡常常凌亂不堪；常常要朋友若想到我家拜訪，一定要電話事先通知。讀了很多如修身齊家，然後才治國平天下的眞理，卻連家裡的事都無法整理井井有條，整個人顯得表裡不一致。所以家先整齊了，才有可能治國。

今年媽媽慢慢在自我反省後，告訴自己：把容易的事情做好，行有餘力才學文。就像昨日畫一幅「福杯滿溢」，我畫我能畫的題材——簡單的花，簡單花瓶，簡單的海水，這是我能掌握，將我要意思表達出來。若我模仿達文西蒙娜麗莎微笑，這對我太難了，我就不再享受畫畫的樂趣了。追求太難的事往往是挫折的開端，把容易事做好了，再慢慢往前學習。

艾美・史賓瑟（Amy Spencer）在《逆境的光明面》上說：

「在追求下一個人生目標時，暫時不要眼觀八方，試圖掌控全局，就從最簡單的下手。」

安安亮，我們在追求人生目標，常認爲簡單的事無法彰顯自己的厲害與高明；所以要做艱難事，面面俱到，掌握全局，但常常是挫折的開端。其實萬事都是從簡單下手，簡單事就容易把它做好；做好了，再處理類似較難部分。如同小孩子玩樂高遊戲，也是先從容易堆起，然後慢慢才堆出高難度的機器人。世事雖無常，可以掌握就是將容易的事做好，一天如此，積沙成塔累積，就可以有安穩

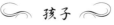

的基礎，立於不敗之地。

主張把容易的事做好的媽媽　2021/06/30

Chapter 37

愛要及時道歉

安安亮亮：

「愛要及時道歉」是媽媽最近的很深的體悟，不管對熟或不熟的朋友或親人，只要有傷害的言語與行為，都要在三天內把當時感覺溫和說出來，並向對方道歉。一句及時道歉語往往「逆轉勝」，不但沒有彼此傷害，往往更了解對方。

有一些悲劇在人生裡，是沒有及時說聲道歉。媽媽有個很勤奮爺爺（你們的曾祖父），他一生白手起家，成了我們那村莊最有錢的人。媽媽的爺爺第一任太太，聽說是在她在下雨時，沒有將曬穀場東西收好，被爺爺責罵後，上吊自殺的。這件事，我長大後才知道的。外祖父是第二任太太生的。最早曾奶奶去世應該算是大好人曾外祖父心中的痛。若曾外祖父當時在責罵最早曾奶奶，幾個鐘頭後，立即安撫，說聲道歉，或許最早曾奶奶不會自責自殺，曾外祖父心裡深處悲劇就沒有了。寫到這裡，曾外祖父是媽媽尊敬爺爺，我生命血液一直以他為榮。或許在天堂曾外祖父已經對最早曾奶奶說聲道歉，雖然晚了50多年。

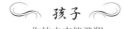

　　媽媽記憶裡有一件遺憾的事，在學生時代有一位異性
筆友。由於當時的媽媽非常自我封閉且驕傲，在第一次見
面在言語及態度上都是冷淡沒有笑容且叫人不要再寫信過
來。事後，媽媽覺得自己對他要說「抱歉的話語」或寫一
封道歉的信。但當時驕傲的媽媽，什麼都沒做。幾年後，
他去世了。為自己沒有及時說抱歉話語，痛徹心扉。這件
事也成為我生命很深很深的遺憾。

　　由於青春沒有及時說道歉的遺憾，讓媽媽學到人生
功課。當媽媽結婚時，我跟丈夫的相處，我注重溝通，
了解對方的感受，如《快樂自己求》作者芭芭拉・歇爾
（Barbara Sher）」說：

　　「把感覺說出來。感覺就是幫人了解人我差異的工
具。」

　　安安亮亮的爸爸是一位個性溫和，頭腦清楚，卻不
多言的人；而媽媽個性較急躁，心直口快，所以當媽媽隨
意發脾氣，事後媽媽都願意向爸爸道歉，撒嬌說聲「對不
起」。或許媽媽願意「及時道歉」，爸爸媽媽結婚30年
來，幾乎沒有冷戰過，雖然兩人個性大大不同，相處起來
還算融洽快樂。

　　記得多年前，教會小組長與媽媽聊些事，可能理念不
同，個性的差異，不知道怎樣，媽媽就是衝動說些言語冒
犯小組長。放下電話筒去睡覺，還是覺得自己不對，要說
抱歉的話語。隔日清晨讀聖經與荒漠甘泉靈修時，「你要

柔和謙卑」話語就澆灌下來，這是很大警醒。在那天早上8點後，媽媽就傳line給小組長，媽媽向她道歉，也表達當時我的感覺。兩人再見面時，因媽媽主動向她抱抱。就這樣「及時道歉」，讓我們彼此更了解對方，且重修舊好。

聖經云：「若是能行，總要盡力與眾人和好。」（羅馬書12：18）人際相處是以「和好」為優先。愛要及時道歉，對親人也是如此。對父母、師長冒犯之處，及時說出抱歉話語，長輩通常會原諒你的。對自己的丈夫（妻子）或子女，常常因太熟容易說出傷人的話語，若雙方都就此「冷戰」，彼此關係也進入冰河期，但一句「及時道歉話語」，常是重見天日，春暖花開，家庭關係又再度和樂融融。

美國約爾牧師曾分享她的父親因誤會他與幾位教會的青年，說了不少重話。當約爾牧師的爸爸發現自己是錯的，就在當天晚上一一打電話向他們道歉。他不會以自己是爸爸或教會的牧師，就道貌岸然不肯說道歉話語；反而當天晚上就及時道歉。這個長輩對晚輩的態度。讓約爾牧師在父親去世後，仍津津樂道的往事之一。

安安亮亮，愛人如己，不管是朋友或親人。人與人之間相處難免摩擦或衝突，「愛及時道歉」是生活花園中的春風，在春風裡，可以讓彼此更加了解對方且增進友誼。即使你是國王或皇后或長輩或晚輩，下次，若有需要說抱歉話語，不要隱藏多天或多年，說出來吧，生命的喜劇又

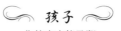

孩子
你的未來能飛翔

將誕生多本。

愛你們的媽媽　2021/07/07

Chapter 38

珍惜時間，成爲你想成爲的人

安安亮亮：

東京奧運已經結束了。台灣有兩面金牌，四面銀牌，六面銅牌，比賽成績是台灣有史以來最好的一次。人生如運動動場，贏家必有贏家的道理。

所有拿獎牌運動員，站在舞台發光，每個人都有至少十五年以上吃苦奮鬥的淚水與汗水日子。郭婞淳的三秒鐘舉重，李洋與王齊麟的雙打羽球搭配天衣無縫；戴資穎是世界羽后；李智凱完美流暢體操展現，都是無數「珍惜時間苦練」，造就在奧運有榮耀成功的一幕。

謝謝亮亮向媽媽分享他欣賞的人物——何達睿。何達睿在高一未能選上資訊奧運金牌國手深受打擊，下定決心要用500天的時間，要當上國手，拿金牌，然後上MIT（美國名校麻省理工學院）。何達睿在他的書《我的未來，自己寫》說：

「努力活著。誰說一定要瀕臨死亡才能開始追夢，爲什麼我不能活得好好追夢。我的未來，自己寫。我笑淚交織的500天準備參加國際資訊奧林匹克比賽，沒有人看好，我忍受孤獨流淚，仔細規劃每分鐘的運用，勇敢努力追

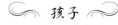
　　夢。結果500天過後，17歲的我獲得國際資訊奧運金牌，全球排名第八的佳績；因此順利申請麻省理工學院。500天追夢完成了，但比資奧金牌，我更希望人們記住，是因為這個人有決心。在未來，我依然堅持實行自己認為對的事情，在我將窮盡一生創造更多好故事。」

　　安安亮亮，年紀很輕何達睿利用500天時間實現夢想，這種勇敢為大夢奮鬥精神，放諸人生各年齡層各行業都適用。從優秀運動員、美髮師，得法國麵包比賽大獎吳寶春；及創辦雲門舞集林懷民；到台灣傳教30年馬偕博士；台積電張忠謀與世界有影響力等人物，都非常珍惜時間，以有限時間去發揮自己最大價值。

　　安安亮亮，可以靜下心問自己：在未來，我要想成為怎樣的人。這個思考點很重要，每個人都有自己特質與存在價值，內在潛力都在等待主人開發。當你決心想成為怎樣人，你的腦細胞接到你偉大抱負，會腦力激盪繁殖再繁殖，腦細胞如旺盛大軍，加上「珍惜時間」付諸行動成為它們統帥，相信有朝一日，會造就比你們想像中還要偉大自己。

　　安安亮亮一路求學到大學畢業，算一路順利，沒有重考，都讀國立大學，這說明你們姊弟資質滿好。但是，人生成功不是哪個大學畢業，而是完全是知道自己未來要做什麼，然後規劃時間，讓每個今天過得有方向感，去創造自己所謂自我實現的好故事。對於願意珍惜時間的人，他會命令頹廢、懶惰，無所事事都滾蛋。

記得亮亮曾經告訴媽媽，在他讀大學放暑假時，他睡到太陽都曬屁股了，他還在睡。沒想到耳畔傳來聖靈怒斥聲音：

「懶惰人哪，你要睡到幾時呢，你何時睡醒呢？」（箴言6：9）

聲音之大，讓亮亮不敢再繼續貪睡下去。靈性聲音知道珍惜時間的重要。所以，安安亮亮，早上醒過來第一件事，不是先滑手機，看網路新聞，而是讀好書，藉著好書帶來正能量來迎接一天。現在網路、電視都充斥著一些負面報導，遠離它們，反而讓自己多出很多時間運用，去加強自己要加強的項目。

美國成功企業家洛克菲勒在他的家書中告訴他的兒子：

「我沒有理由浪費生命，浪費生命等於糟蹋自己，世界上沒有比糟蹋自己為更大悲劇。我將安逸和享樂看作生活目的就是豬的理想。」

就因為這樣沒有理由浪費時間的洛克菲勒，才可以從窮小子成為石油大王。各行各樣的佼佼者都是珍惜時間在自己目標全力以赴，一年，二年，十年；二十年，時間就會放大你所努力，將以複利回饋給你。傑出運動員，企業家，科學家、宗教家等都是珍惜時間代言者。所以，安安亮亮，你們現在年輕，要問自己：想成為怎樣的人；對自己未來好好去思考。

安安亮亮，媽媽很高興你們目前都在工作崗位上，成

為上班族。每次媽媽看見安安（以前住在家裡）與亮亮出門上班，心裡有很大安慰：「每天出門工作，沒有在家閒閒沒事做，浪費時間，浪費生命，孩子真棒，讓工作寫下每天的價值與意義。」

熱愛目前工作是珍惜時間的行動。工作是人最重要服務奉獻的展現，唯有在工作認真，方能使時間充滿轉動的能量。美國作家克勞德·布里斯托說：「我們都是為自己工作，雇主只是提供場地與設備。」為自己工作，叫熱愛工作的人都得好處；因任何工作都帶來服務。喜歡的工作，固然要熱情做好；不喜歡的工作，也要把它盡力做好；既然已花至少8小時在工作，就好好全力以赴，不虛度光陰，且讓喜歡工作成為未來好工作的墊腳石，因為努力過了，都會帶來時間價值的痕跡。

安安亮亮，問自己想成為怎樣的人：至少是位熱愛工作的人。不論將來你們從事什麼工作與在公司的位階，都要以生命熱情於工作；然後好好工作，好好休息，如奧運金牌選手郭婞淳，在六天苦練舉重後，星期日彈琴。上帝本身這樣教導，平時熱愛工作，星期天是安息日。

《子彈思考整理技術》作者瑞德·卡洛說：「如果你不去做，不敢試；那麼你就沒有機會對這個世界做出有意義的貢獻，我們必須為自己成長負起責任。」安安亮亮，請把自己「想成為的人」的願景圖畫，張掛在心牆上，每天珍惜時間為自己成長負起責任，為自己生命負起責任，媽媽對安安亮亮深具信心，讓20年後的安安亮亮為自己寫

下無數精彩感動的故事。

相信你們有精彩的人生的媽媽　2021/08/25

Chapter 39

做得比別人好

安安亮亮：

　　母親是古老職業，從古至今這職業慈愛的存在。媽媽很高興自己可以透過自己的文字，將媽媽生命體悟分享給你們姊弟。今天媽媽要分享主題：做得比別人好。

　　美國前國務卿康朵麗莎・萊斯（Condoleezza Rice）有一天，問她的媽媽：

　　「如何成為傑出的人？」

　　「做得比別人好。」萊斯的媽媽回答。

　　萊斯有感於是美國的非洲人，要出人頭地，唯一要做得比別人好：受好教育。所以萊斯，就在課業上做得比別人好，一路讀名校的大學，碩士到博士。「做得比別人好」不只用在她對讀書受教育的自我要求；同樣在工作上也是如此自律：「凡你手當做的事，要盡力去做；因為在你所必去的陰間沒有工作。」（傳道書9：10）萊斯的出色工作表現，使她擔任美國國務卿的工作，這個職位對於一位出生美國的非洲人，是崇高的榮譽。當她卸下國務卿的職位後，她目前是美國史丹佛大學的教授，相信她在教學上「做得比別人好。」是位很優秀傑出的教授。

　　安安亮亮，要熱愛工作，做得比別人好。「做得比別人好」不是要跟別人比，而是對自己一個盡最大能力的做事態度。凡事都盡心盡力盡意去做，追求完美與最好，會成為一個好習慣，且讓你不斷追求進步，如古人說：「天行健，君子自強不息」。我們以同理心來看，如果我們是雇主老闆，當然會重用「做得比別人好的員工」；如果人生是一座寶藏，當然「做得勤奮，做得比別人好」一定是挖到寶，滿載而歸的。

　　安安亮亮，小時候曾經偷偷將媽媽煮得難吃的菜倒掉。小孩子表現永遠純真反應事實。媽媽不會怪你們，因為那時媽媽認為煮三餐是「雕蟲小技」，很浪費讀書時間，所以以應付心態來料理三餐。料理三餐對一位媽媽應該是很重要工作之一，媽媽以應付心態去做它，當然難吃。小事如此，大事也是如此，只要以敷衍了事的態度，呈現出來「做得比別人差。」現在媽媽改變喔，媽媽會上YouTube跟飯店級的大師學幾道菜，媽媽在面對煮三餐態度完全改變後，現在有幾道菜有受亮亮的五百分稱讚。同樣是媽媽，由於心態不同，在同樣時間所端出的料理，完全不同。家事如此，工作上也是如此。

　　安安亮亮，「要做比別人好」就是全心全力投入工作上。對於目前擁有工作，心裡要充滿感恩感謝。謝謝目前工作讓你有安身立命之處；所以，職業不分貴賤，都是神聖的，今日你在任何卑微工作盡一百分心力，等於培養工作墊腳石，將成為未來更上一層樓的基礎。這個道理媽

媽以前不懂，那時媽媽在小學教書，總覺得比不上同學在大學當教授，心態是卑微的。對於在小學教書，沒有抱著「比別人做得好」態度在教學上，雖然媽媽在教學上沒有出差錯，差強人意；但就是沒有盡120分的全力，成為很棒的老師；現在媽媽回顧在小學教書日子，還是有些遺憾。所有工作真的帶來影響力，有形與無形的，媽媽後來才懂的真理，所以特地分享給安安亮亮：不管今日從事什麼工作，在公司哪個職位；都要抱著「要做得比別人好」的信念，人在做，天在看；只要你是寶石；在千琢萬磨下，有一天會露出燦爛的光芒。

美國心靈學家華勒思・華特斯（Wallace Wattles）說：

「生命的責任是什麼？就是展現自己能力。」

任何工作都是展現自己能力，珍惜眼前工作，做得比別人好，你的能力因你負責態度，在陽光下投射認真身影，成為一個讚賞的風景。每當媽媽到社區公園跑步時，看見在打掃社區公園的工作人員，媽媽都會跟他們親切問安，並誇讚他們把社區公園落葉掃得如此乾淨。這個社會真的需要各業的認真在自己崗位上，如此一來，社會因大家在工作上努力付出，更有神聖秩序與乾淨。

《正負的法則》約翰・迪馬提尼（John Dimartini）說：

「我們既是平凡，又是如此地不平凡。我觀察世界上每一位偉大的傑出人物，他們對自己所做的事總是全神

貫注的。如果你有一個想超越的目標，在你未達成目標之前，必須每天投入一百分的心力在上面。成功的關鍵就是全心全意地投入八小時。」

對！成功的關鍵就是全心全意地投入八小小時。這樣八小時多麼珍貴美好，相信另一個平行宇宙也是這樣印記這八個小時，生命一點一滴價值就這樣累積下來了。

安安亮亮，有閱讀書籍習慣對「做得比別人好」有相輔相成的效益。一本好書是智慧經驗的結晶，多讀好書等於擁抱多位偉大人物，向他們學習。所以安安亮亮，在工作之餘要養成閱讀好書的習慣。林肯，富蘭克林雖然受的學校教育不多，完全大量閱讀，成為他們所處時代的英雄。台積電創辦者張忠謀雖然是美國名校的博士，他跟大學生分享：要養成閱讀世界一流訊息，他每天一定要大量閱讀學習。

安安亮亮，對自己要有自信，你比自己想像中還要無限可能；每個人體內都有一個英雄，藉著你的自信，體內英雄會慢慢甦醒為你使用，成就你想成就的目標。祝福你們：做自己想做的事，在工作照亮世界。

愛寫作的媽媽 2021/09/08

Chapter 40

跨越過度安全舒適區

安安亮亮：

　　「跨越舒適區」是冒險教育家蔡智謀的生命主張。因心臟病曾經上過手術台，寫下遺書給太太的他；他在身體恢復健康後，還是帶領學生及有志攀越高峰的人一起離開安穩可靠的舒適窩，向遠方的未知山峰挑戰；是顆很堅強靈魂自我突破！突破身體的病；突破自己的體力；更突破自己的靈性。蔡智謀的故事是不是感動你？

　　冒險教育家謝智謀在《登峰》說：

　　「不可小看自己，要全然相信你可以做到。像我這樣軟弱的人（有心臟病）都可以登上6187公尺高的山峰。喜馬拉雅山的天空一望無際，在登頂的同一時空，我默默感受著人的有限與無限性，感受生命的奧妙。」

　　「若不跨出舒適區，即使我肉體健康的活著，可是靈魂早就枯萎，再也看不見美好的可能。坐飛機是冒險，在馬路開車是冒險；婚姻生活也是冒險。當婚姻發生狀況，你不敢爭取正面衝突，選擇逃避，維持婚姻的形式，卻失去婚姻的實際，這樣婚姻早已死亡。離開舒適圈吧！真實生命，值得你冒險。」

「過度安全讓靈性死亡」，如古人所說：「生於憂患死於安樂。」這就是德國人爲什麼鼓勵他們的孩子旅行看世界。在我知道冒險教育家蔡智謀的故事後，又激起我（雖然年紀不小了）想到20個國家跑步的志氣；這就是生命影響生命。同時知道其實生活中也要勇於跨出舒適區，面對生活的衝突與挑戰。不可逃避自己問題，學著解決問題，算是冒險成功。你勇於冒險，勇於征服自己內心的高峰，這樣精神也會感染你的長輩晚輩朋友及陌生人；眞實生命是值得你我去冒險的。

安安亮亮，謝智謀老師離開舒適圈的倡導，使媽媽想起聖經中亞伯拉罕，要離開本族父家本地；出去的時候，還不知道往那裡去。（希伯來書11：8），這是典型離開舒適圈。亞伯拉罕因心中有強大上帝同在信念，他充滿信心面對未知的明天，在克服種種困難，最後亞伯拉罕有大國，子孫如天上星星衆多。如果他因老大不小，以75歲年齡爲藉口，一直待在舒適圈，就不會有「信心之父之稱」。離開舒適圈，對於人生意義：是對自己與未來有信心的彰顯。

告訴自己：生命是值得冒險的，無論是多少歲，不小看自己，蔡智謀老師有心臟病可以登高山，那麼我也要自我突破，迎接生活的各樣難題，喜悅面對解決它。我要讓今天充滿冒險，跨越安全舒適區，進入全新的世界。已經沾灰塵的夢，今晚趁有月來相照，再擦亮吧。當明天的太陽東昇時，你選擇勇敢出發，在未來之書，是要寫下幾則

冒險的故事。

　　祝福安安亮亮：充滿信心，勇於離開舒適圈，創造屬
於你的大國的未來。

愛你們的媽媽　2021/09/15

你與幸福成功有約

安安亮亮：

　　中秋節是中國人很重視的一個節日，中秋的明月在天空真圓真亮，書寫人間最美的詩篇。今年（2021年）中秋佳節，剛好連續4天假期，安安平日租屋在外面，這次回家團圓過中秋，全家四位一起用餐，一起聊聊天，媽媽看看大家露出笑容吃媽媽親手料理的佳餚，眼睛幸福透光。

　　在中秋節前夕的午後時光，我們在餐桌一起讀聖經，一起按照彼此需要禱告。這次預備經文是亮亮，對於亮亮預備經文，印象很深刻：

　　「如經上所記：『神為愛他的人所預備的，是眼睛未曾看見，耳朵未曾聽見，人心也未曾想到的。』只有神藉著聖靈向我們顯明了；因為聖靈參透萬事……。」

　　「聖靈參透萬事」，包括亮亮要轉換職業跑道；安安工作的庫存解決與媽媽出書，爸爸工作順利與好的牙醫醫治牙齒，都交託給聖靈，聖靈會為我們需要預備最好。當安安為亮亮禱告；亮亮為爸爸禱告；爸爸為媽媽禱告；媽媽為安安禱告；當大家一一禱告後；媽媽覺得幸福的家就是這樣坐在一起，彼此關心彼此分享，彼此代禱，美好連

結美好互動。家庭的美好關係就像天上一輪明月，突破層層現實的烏雲，照亮家園，「在他的日子，義人要發旺，好像月亮長存。」（詩篇72：7）媽媽，看見全家有美好關係，心裡很幸福大有平安。

今年中秋的月亮特別圓亮。我們晚上四人去逛住家的奇岩社區。奇岩社區很寬敞，處處是綠草與大樹，有綠池塘，鴨子，令人放鬆舒緩；走過鄰近圖書館與國小，整齊的富麗住家，燈火通明，散發美好安居的濃濃氣息；爸爸、媽媽、安安與亮亮散步在綠蔭小路上，晚風習習吹來，心曠神怡；明月在天空，這樣全家在一起的時光就是一首幸福的詩歌，在我們四周輕輕唱著。我們全家出動共賞明月；媽媽發現好幾個家庭跟我們家一樣走出家門，詩情畫意度中秋之夜。幸福不在遠方，在於親近家人共度美好團聚時光。

安安亮亮，媽媽慶幸自己選擇結婚；選擇生兒育女；才能一家四口共賞明月，熱熱鬧鬧其樂融融；不是孤單一人，冷冷清清對月說話。媽媽常常聽到很多年輕人不敢結婚；怕自己沒有好收入養家；其實這都是太悲觀的想法。每個人，對人生要樂觀光明的期待；要看好自己未來會鴻圖大展；而不是看扁自己，悲觀自己的未來。

安安亮亮，今天，媽媽要跟你們講一個主題：對未來有樂觀的期待，自己將擁有幸福的家與好工作好服務與好收入。幸福婚姻是值得追求，若事業成功卻破碎的家；還是有很大的遺憾。所以，安安與亮亮要祝福自己會遇見

很合適對象，彼此情投意合，同心建立幸福的家。幸福的家是人一生中的最大避難所，就像我們全家四口相聚在一起，同心的大力量抵擋現實的風風雨雨，在溫暖的家休息儲備實力。爸爸媽媽能夠建立幸福的家；很優秀安安與亮亮當然也可以，你們都會在對時間遇見對的人，遇見心儀另一半，建立生養眾多的家。媽媽已經看見兩幅幸福家園的圖畫了，因爲爸爸媽媽都爲你們美好婚姻禱告喔，神總爲祂的兒女預備最上好的福分。

「成家立業」在生命中是兩件大事。幸福家園是奮鬥基礎，對於自己工作，也要很好期待，相信自己會找到很有發展性的工作，釋放你的才華能力，成爲一個有貢獻的人。對自己美好期待，你自然會去培養相關技能。人最怕是什麼都是想最壞結果，覺得自己是不可能擁有幸福；不可能擁有成功的。想是最壞的結果，眞的就會帶來一連串的壞事。心理學家已經證實：負能量吸引負結果。

安安亮亮，「預期最好的結果，就能獲得它。」這是美國牧師作家皮爾博士的主張。皮爾博士在他的書《向上思考的祕密》舉一個例子：

「有一位年輕人家境優渥，受好的教育；但他卻有種凡事都失敗的悲劇特質。他經手的每件事都會出錯；他很努力，但不知怎樣緣故，總與成功擦身而過。後來他讀到聖經的話，漸漸他改變預期壞結果的個性，他成爲一個非常樂觀期待的人。幾年後，他不但發展自己的成功企業；且在他的行業領域是領導人物。別人問他：『爲何有如此

驚人的轉變？」他回答：

　「我只不過學習了信心魔法。我發現如果預期有最壞的結果，就會得到壞結果；如果預期有最好結果，最後就會有好的結果。只要你對自己有信心，美夢一定會成真，如聖經說：在信的人，凡事都能。」

　安安亮亮，不要管外面的離婚率，請預約自己幸福婚姻；不要管別人失業，請預約自己有一份一輩子經營的好工作。然後用一生努力，一生的堅持去圓幸福婚姻的夢與成功事業的夢，讓對「幸福與成功的預約」成了最美的得勝，最圓滿的結果。在信的人，凡事都能，成功幸福一一擁有；祝福你們。

幸福的媽媽 2021/09/22

請握住愛情

安安：

　　美國企業家洛克菲勒對他的兒子約翰說：「幸福婚姻是人生重要支柱，你應該選擇溫柔善良，人品好的女性。」安安，你就是那位溫柔的女性，媽媽希望你遇見一位看重幸福婚姻的男士，一起創造人間的天堂——幸福的家。

　　「愛是恆久忍耐，又有恩慈；愛是不嫉妒；愛是不自誇，不張狂，不做害羞的事，不求自己的益處，不輕易發怒。」（歌林多前書13：4-5），愛情是需要學習，只要有心學習，一定可以兩情相悅，長長久久。安安，不要管這世界離婚率有多高；不要聽多少人說婚姻是愛情的墳墓；那是他們的選擇，他們的看法；安安，請勇敢追尋真愛，找到一位適合正確的異性，建立幸福家園。

　　「當你被愛的時候，你就可以創造出任何事物，甚至可以把自己變成風。」——保羅・科爾賀（Paul Coelho）。保羅・科爾賀是巴西有名作家，他本放棄自己年少的寫作夢想，在他的妻子鼓勵下，終於完成他的大夢，他的寫作被世人大大認同，他的《牧羊少年奇幻之

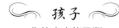

旅》成了世界名著，這就是真愛力量。所以，安安，請相信這世界有真愛：少年夫妻老來伴，牽手共患難，同心甜蜜走過一生；這樣愛情故事在這世界都美麗書寫。

安安，以下是媽媽寫的歌，第一次寫歌給你喔（代替叮嚀）

〈請握住愛情〉

安安，

請握住愛情

等於握住幸福

穿越世界

共唱千個春天

安安，

請握住愛情

等於握住美夢

相愛同心

共飲玫瑰甘露

安安，

請握住愛情

等於握住甜蜜

牽手一生

創造人間天堂

充滿祝福的媽媽於台北　2021/10/0/6

Chapter 43

偉大夢想應建立在多數人幸福上

安安亮亮：

　　你們認識法國畫家高更與台灣畫家許武勇嗎？媽媽每天早晨起床後喝咖啡時，都會看我們家牆壁所張貼高更的畫，到圖書館會欣賞許武勇的畫冊的畫；高更與許武勇都是了不起的時代畫家。

　　媽媽，今天寫給你們這封信的主題：偉大夢想應建立在多數人幸福上。人生的幸福與厄運都是選擇的總和。美國思想家查理斯‧哈尼爾（Charls e Haanel）在他的著作《百年不變的致富祕密》說：

　　「生命就是表達，和諧而有建設地表達自己，是我們分內之事。悲傷、痛苦、不幸、疾病和窮困，並非必不可少，我們應當堅持不懈地消除它們。」

　　這段話太有智慧了，所以媽媽分享給安安亮亮。人生應該是追求幸福成功，圓滿的結局，這是生命美好智慧的表達；不是讓悲傷，痛苦與不幸充斥在人生遭遇中，甚至以悲劇來表達生命。安安亮亮，我們是自己人生創造者，所有生命成功與失敗都是自己的選擇。「你做怎樣選擇就有怎樣的結果」，如同你種下樹苗，長大後就是綠樹；你

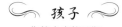

撒下稗草種子，長成就是排擠綠草的稗草。當你做下任何選擇時，如同灑下生命種子，種什麼的因，就會結怎樣果實。種苦瓜得苦瓜；種甜瓜得甜瓜，人在面臨重大選擇，都要好好思考，三思而後行。

安安亮亮，媽媽以高更與許武勇的生命夢想選擇，來探討生命的真理與表達。法國畫家高更本來的工作是在票券公司上班，有一份穩定優渥的收入，有一個賢慧美麗的太太和五個孩子。高更在票券公司做了12年，日子過得優雅富足有品味，工作之餘，畫畫與買畫，高更的妻子很歡喜滿足有這樣穩定的家庭之樂。但這樣幸福家庭卻因高更的一個大選擇，慢慢走樣，後來生命表達在這個家：秋風秋雨，貧病來訪。

高更在35歲那年，選擇放棄穩定好收入的票券行工作，毅然決然要當專業畫家。他這個重要轉換職業跑道，使自己與家人命運陷入妻離子散，寫了好幾頁的悲劇。

高更的妻子因高更選擇專業畫家，只好帶五個小孩回丹麥娘家住，由於高更沒有賣出畫，沒什麼收入提供給家庭，妻子很艱難卑微在娘家生活。高更忙著當他的專業畫家，無暇盡一個丈夫與父親的責任；他選擇拋妻棄子，一人先是住在巴黎作畫，後來到大溪地長住。高更的長子克洛維斯在七歲時，就被爸爸高更送到寄宿學校，克洛維斯21歲那年因手術，死於血液中毒。高更鍾愛五個孩子唯一女兒的艾琳在20歲那年（1897）感染肺炎，短短數天便離世，成為高更心中的巨痛。當然高更的妻子，在長期分居

與沒有丈夫高更的收入下，就選擇離婚，很傷心難過住在丹麥的娘家，算是遇人不淑，抑鬱寡歡。

安安亮亮，查理斯‧哈尼爾（Charls e Haanel）說：「失敗的萌芽，就潛藏在每個自私想法中。」一個人做選擇，要考慮自己的追求夢想，當然也要伴隨家人的幸福。就高更的畫來說，他已經是印象派的大師人物，是世界美術史上必記上多筆的畫家。但他的追畫家的夢卻只成就自己的大夢，所犧牲是妻子與兒女的一生幸福與自己本來豐富有餘的生命。除了妻離子散外，高更本人是以貧病交迫，無親無友，在54歲孤獨離開人間。藝術大成就建築在多人痛苦上（包括自己），這樣的選擇是否有智慧，有否有真理，是值得思考的生命課題。

安安亮亮，最近媽媽在早晨朗誦的聖經句子是：

「耶和華是我的產業，是我杯中的分。我所得的你為我持守，用繩量給我的地界，坐落在佳美之處，我的產業實在美好。」（詩篇16：5-6）

人生產業是坐落佳美之處，人生大夢是家人和樂融融，且還可以邀請朋友一起來玩，進而行善，這就是媽媽心中所勾勒的「我的產業實在美好」的一幅富麗圖畫；而不是妻離子散，貧病離開人間的悲涼圖畫；高更的一幅畫是〈我們從何處來？我們是誰？我們何處去？〉，顯然高更在貧病孤獨時的生命問號。高更的35歲到54歲的追夢，在短短19年當中，他與家人苦難居多，幸福甚少，這也是媽媽在每天喝咖啡看高更的畫時，心裡很深的遺憾與嘆

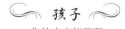

息。

　　安安亮亮，有聽過許武勇畫家嗎？他是媽媽在圖書館看畫冊時所認識的畫家。許武勇從小就擅長數學，且愛畫畫。在他留學日本讀東京大學的醫科時，23歲的他以〈十字路口〉的畫得獎，他的指導繪畫老師對他說：「你當畫家比當醫生更合適。」但是務實的許武勇的選擇：偉大的夢想應建立為最多人謀求最大的利益上。眼前專業畫畫，尤其在民生困乏是無法單獨存在，且要考慮家人的需要，包括自己的父母及未來妻子與孩子生活照顧。

　　務實且不自私的許武勇先生，就選擇一邊行醫一邊畫的方式。他以開業行醫看病的收入來維持他熱愛的繪畫生活。他的家庭幸福美滿，妻子與兒女都愛戴尊敬他，是妻子眼裡的好丈夫，兒女心中的好爸爸。許武勇後來還到美國柏克萊讀公共衛生專業，完成碩士學位。這位醫生畫家，是病人所信賴的好醫生，是畫展中受注目的好畫家，就這樣行醫畫畫，到了生活無憂，孩子都長大了，許武勇就提早從醫生的職業退休，專心的從事自己的最愛。由於金錢有餘，他還可以出國旅遊畫畫，擴張畫畫的境界。他專心精進畫畫，畫出熱愛台灣的一屋一瓦一草一木，如紅紅的扶桑花與水牛。他一生（1920-2016）共有600件油畫作品，且建立美術館展覽自己作品。96歲的許武勇是握著畫筆離開人間。他一生都創造妻子與兒孫與病人的幸福，其所創作的油畫作品，喚起台灣文化的重視，是很多人典藏的畫家，其藝術成就是有目共睹。所以，安安亮亮，追

求夢想的選擇：是建立在築夢踏實，最美的夢想花朵不是孤芳自賞，獨自擁有；而是讓大多數人一起欣賞。

安安亮亮，人因夢想而偉大，但這個夢想的選擇是要建立在大多數人的幸福上。你的思考如何，你的選擇就如何。所以，安安亮亮，你們是年輕人，如黎明之光越照越明，你們在生命中有兩個面臨重大選擇：工作與婚姻。這兩個重大選擇都要建立在築夢踏實上，考慮自己的利益與幸福，也要考慮家人利益與幸福，勿只滿足自己的一個大夢追求；人生的幸福萌芽是建立利己與利人的選擇上。

生命幸福與否都在自己選擇。面臨重大選擇時，閱讀思考與請教良師益友，三思再三思後，才採取生命重大的決定。安安亮亮都是聰明人，在人生追夢之旅，會選擇一個讓自己與家人都成功與幸福的生活，這是媽媽對你們的信心。

愛你們的媽媽 2021/10/13

Chapter 44

向自己生命提問

安安亮亮：

安安亮亮是很有潛力的人，充滿一個很宏偉的未來在等著你們姊弟，媽媽一直對你們姊弟很有信心，看好你們的工作，同時看好你們會成為有影響力的人。媽媽常常覺得在我這一生中做最正確一件事：結婚。媽媽選擇結婚乃是媽媽在27歲時向自己提問：「要不要結婚？」

美國作家安東尼‧羅賓（Anthony Robbins）說：「我相信人類一切成就肇因於不斷提出問題。」一個人提出問題後，就會去思考，如何去行動，如何做正確選擇，讓自己生命發展更趨自己想追求的。安安亮亮，以媽媽來說，媽媽在27歲問自己一個重要問題：「要不要結婚？」有了問題，媽媽就要往內求找到答案。為了貼近自己真正想要的，媽媽做這樣思考：

「以自己個性，喜歡熱鬧，喜歡家，我不願一個人孤單過一輩子，我希望有一個熱鬧歡樂的家園。」

安安亮亮，當你們看見如此思考，就知道媽媽答案：「選擇結婚。」當媽媽想結婚後，還繼續向自己提問：「我要如何認識異性？我對自己另一半最重視什麼？」當

時媽媽是在小學教書，沒有合適對象，於是就去參加正當的聯誼活動，終於認識你們的爸爸。你們爸爸外表雖然沒有符合媽媽外表高帥的標準，但他有一份好的工作，且孝順父母，個性溫良；我重視另一半是德性與工作，所以就欣然答應你們爸爸追求，牽手一起走進結婚禮堂。

安安亮亮，當媽媽在29歲結婚後，又向自己提問：「要不要有小孩？」媽媽思考著：

「雖然養兒育女很辛苦且要花錢栽培，無法如無兒無女夫妻逍遙自在；但生命意義就在傳承，父母可以將自己經驗與智慧傳承給兒女。」

所以，媽媽就在提問後，清楚自己人生的追求：聰明媽媽知道女性要在35歲以內養兒育女較好，所以在媽媽結婚五年內有了安安與亮亮，「30歲前結婚，35歲內生小孩」，生涯規劃完全在一連串向自己提問後，一一真實美好如自己所願完全實現來。因為有安安是老大，女兒；亮亮是老二，兒子，媽媽心中有很大感恩，謝謝上帝，讓我遇見一位品行好的另一半；且有一對懂事上進的兒女；且我可以寫信給我的兒女，分享我的看法及體悟與過去自己所犯的錯誤，希望他們走在正確生命之路，免得走冤枉曲折路。由於媽媽在27歲後不斷對自己做提問，所以生命劇本按照自己思考來寫。

安安亮亮都長大了，大學畢業，在工作。你們都在適婚年齡，需要一份工作生存與追求理想人生。在這樣階段，「向自己提問」就是媽媽這封信的主題。人生有三件

大事，值得你們去提問：

★婚姻的提問：「要不要結婚？要不要有小孩？」

★工作提問：「我要做怎樣工作？如何在工作卓越發光？」

★夢想提問：「我要成爲怎樣的人？我要如何讓這一生有影響力？」

　　安安亮亮，婚姻，工作與夢想是人生三大主軸，所有選擇都決定你的未來。在這三樣思考裡，媽媽提供聖經話語爲你們參考：

◎耶和華神說，那人獨居不好，我要爲他造一個幫助者做他的配偶。（創世紀2：8）——婚姻思考

◎凡你手所當做的事要盡力去做，因爲在你所必去的陰間沒有工作，沒有謀算，沒有知識，也沒有智慧。（傳道書9：10）——工作思考

◎我們原是他的工作……，爲要叫我們行善。（以弗所書2：10）——夢想思考

　　提問後必帶來選擇，請安安亮亮拿出筆，好好去思考，好好蒐集資料，去規劃自己人生。幸福與成功都是給懂得思考與做美好準備的人。對媽媽來說，幸福婚姻算是偉大夢想，可以一輩子堅持婚姻而快樂。婚姻、工作與夢想可以相互結合，共同締造一個很圓滿的人生。因夢想追求，放棄幸福婚姻或喪失好工作（如畫家高更），都是失衡的，且不安的；生命追求在平衡且有伴分享。

　　安安亮亮，向自己提問，是偉大思考的開端。美國汽車大王亨利‧福特在早期汽車發展階段，就向自己提問：

　　「我要怎樣才能使汽車大量生產？」

　　由於亨利‧福特的提問，就帶來整個生產線上一連串改進與推動，同時成就美國汽車產業龍頭地位。從小貧窮的洛克菲勒問自己：

　　「我要如何成為有錢人，改善家裡貧窮？」

　　洛克菲勒告訴自己：

　　「別丟掉雄心和目標。人活著就得有目標和雄心，否則，他就像一艘沒有舵的船，永遠漂流不定，只會達到失望、失敗與喪氣海灘。我似乎從不缺少雄心。從我小時候開始，要成為富有的人，就是一直是我心中的抱負與夢想。人要看重自己，專注自己長處，告訴自己：我是願意承擔重任的人，我比自己想像中還要好。上帝賦予我聰明的頭腦和堅強的肌肉，不是讓我成為失敗貧窮，讓我成為偉大富足。」

　　安安亮亮，洛克菲勒因有自己雄心與目標，所以他成為美國的石油大王，實現他小時後成為有錢人的夢想。林書豪曾在東海大學分享他的籃球夢想。林書豪說：「夢想從你熱情開始，堅持夢想後不動搖。」是的，熱情堅持夢想一輩子，要讓夢想開花結果，造福人群。

　　法國前總統戴高樂說：「惟有偉大的人才能成就偉大的事。他們之所以偉大，是因為決心要做偉大的事。」決心要做偉大的事之前提，要提問自己：「你的長處是什

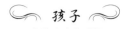

麼？如何讓你的長處發揮到最高境界？」在媽媽想法中，一個人每天追求進步一點點，專注長處，改進缺失，一輩子實踐，將可以成就任何想成就事業，以不平凡的方法從事平凡的事，就是偉大。

安安亮亮，每天醒過來，就可以向自己提問：「我要如何好好活在今天？如何讓今天幸福有價值？如何在工作與人群發光？」當你們向自己提問後，肯定是完美一天為你們開啟，你們笑容滿面打造一個奇蹟又一個奇蹟的今天。每天的提問，會讓自己忘記背後，好好努力活在當下。

美國思想家愛默生說「去，把你的所想，化為實際行動。」行動讓人的才華能力釋放出來，讓人成為一個發光體，帶來明亮的存在。祝福你們：充滿雄心和目標，從事你們想從事的工作，成就你們想成就夢。

愛你們的媽媽於台北 2021/11/04

Chapter 45

讓英文成爲一輩子的天使

安安亮亮：

　　今天媽媽要寫給你們主題——讓英文成爲你們一輩子的天使。精通英文，會讓你繞著地球跑，暢通無阻，認識世界，提高自己生命眼光，激發美好生命火花。

　　最近這三個月，媽媽在學英語發音。把英語發音學好，是學英文最重要一件事。感謝現在電視與YouTube的進步，都可以容易發現優秀老師示範給你看，舌頭擺放的位置，將英語發音發得很正確，跟著學，你會發現過去困惑，不會發的音，刹那明白了，容易了，你高興如發現天大祕密，你覺得自己正自我突破，學英文眞的不是吃苦做惡夢，學英文如吃甜甜圈輕鬆快樂。

　　安安亮亮，學習任何語言都是要從正確發音開始學習。慢慢練習一遍，再一遍，又再一遍，十遍，二十遍，三十遍，甚至百遍練習，務必練習到成爲反射語言，如你們小時候學腳踏車與游泳，從基本動作開始學好，練習多遍，多天或幾個月後，後來你們騎腳踏車與游泳都成了反射動作。英文的發音就是最重要的基礎，以三個月的時間好好練習，心不急，輕鬆練習，不知不覺，英文慢慢就進

入你的生活中。

安安亮亮，當媽媽把英文發音學好時；我發現國語幾個發音不是發得很好，甚至二聲與三聲分不清楚，於是媽媽也上YouTube找小一正音班課程，幾天後，媽媽也學會標準國語的發音，媽媽非常興奮，哇！從此我的國語發音越來越標準，如果有外國朋友要問我國語發音，我可以教她（他），也可以分享學好標準國語的頻道。媽媽從小擅長文字的表達，但對於自己幾個國語發音不標準與二聲三聲搞不清楚，常讓自己心裡有很大遺憾，現在只花不到一個禮拜時間就把這個遺憾補足了。由此可見，發音很重要，即使你很會閱讀，很會寫文章，但開口卻是破發音，讓人聽得不是很清楚；這樣還是不完全。任何語言發音花的時間頂多3個月，卻帶來學習語言一生的祝福。

安安亮亮，媽媽因有心說好標準中文與英文，在自己各方探索與找尋，終於就找到了學好中英文發音頻道，走對正確之路。任何事有心學習，如聖經：「靠著加給我的力量，凡事都能做。」告訴自己：「我很有潛力，很聰明，一定可以學會我想學會語言技能。」愛因斯坦說自己一生只用自己潛能十分之一，一位努力開發自己在科學提出相對論的天才科學家，只用十分之一，那麼，我們用應該不到百分之一，所以開發英文學習，也是讓自己潛能更多釋放出來。安安亮亮，只要抱著「別人沒有出國還是英文呱呱叫，說一口流暢標準英文，我也可以做得到」，何況有神的靈在我們心中，自助且有神助；「曠野變肥田，

肥田如樹林」（聖經的話語），只要真心要愛英文，英文必感動，帶你進入英文鳥語花香的樹林世界。

安安亮亮，現在世界是地球村，會說中文與英文，會讓你暢通世界，接觸視野更廣。孫子兵法云：「知己知彼，百戰百勝。」安安亮亮是華人，精通中文，了解自己祖先流傳智慧文化，是一種責任與義務。精通英文，可以學習異國的優勢，豐富自己的心靈，提高自己的視野。白話文提倡者胡適先生與提倡自由學風的首任台大校長傅斯年，都是到美國與歐洲學習超過五年，再回國，融合中西所長，終開創自己生命新格局，以此成為所處時代的風雲人物。

美國作家海明威在1950年對朋友說：
「如果你夠幸運，
你年輕時待過巴黎，
那麼巴黎將永遠跟隨你，
因為巴黎是一席流動的饗宴。」

巴黎的法國文化對於美國文化成長的海明威是異國的陶冶與激盪，法國崇尚美學與時尚滋潤海明威的文學心靈，永遠成為他文學一席流動饗宴，讓他的文學園地盛開獨特創作花朵，後來獲諾貝爾文學獎。以色列與歐美的教育都鼓勵年輕人有機會到世界各國旅遊看天下，就是要胸懷世界，培養恢宏的視野，以昇華自己的生命高度，讓自

己更找到自己要努力目標，成就更好的人生。所以，人的
一生有機會出國，是好的。媽媽住過紐西蘭3年，二十多年
過了，紐西蘭的那片白雲故鄉一直是我在生命園地的美麗
風景，同時帶給我很大文化激盪，自此我的文字與視野都
大大開闊豐富起來。

安安亮亮，想擁抱世界，學會英文是必要條件。發音
徹徹底底明明白白學好後，再從自己興趣去保持接觸與學
習。先以3個月學好英文發音後，然後每天至少撥出半小
時保持接觸學習。若你們因工作忙碌，語言學習若時間有
限，要先以聽為優先。每天固定聽合乎程度的英文。以媽
媽而言，每天花半小時看電視好消息頻道的〈大家來說英
語〉，讓你的耳朵每天熟悉英文句子。然後再找時間閱讀
英文。

英文閱讀，從很很簡單的句子開始。不急著讀很長長
文章，就是從容易的，有興趣的開始，讓自己願意讀進去
的內容為優先。以媽媽為例，媽媽每天會讀一段中英文的
聖經句子；泰戈爾的中英文短詩；每週讀中英文的繪本。
英文閱讀，最好是在閱讀後，朗誦。有朗誦讓自己有發音
機會，嘴巴能自然說出簡單句子，久而久之，你會說起英
文來。我就這樣保持接觸英文，從來不覺得辛苦，三年下
來，反而覺得自己在進步中，心情如流水在生活歡唱且往
前。

安安亮亮，任何學習都是持之以恆方能有果效。鋼琴
家與科學家與文學家與一流企業都是一步一腳印方能成大

事。只要你認定英文很重要，願意從頭開始學習，永遠來得及，不怕慢，怕的是沒有恆心。媽媽，年輕時候很愛寫日記，一寫就十幾年，從來沒有參加作文比賽。後來無意中去參加雜誌徵文比賽就獲獎，這完全是說明一個事實：任何精通事物，都是慢慢練習，傻呼呼做，每天練習，然後持之以恆至少十年的功夫。英文真的不難，難的是自己不願持之以恆，深深愛著英文，擁抱英文。安安亮亮只要敞開心胸，認識這位異國朋友，透過電視、YouTube與書籍常常跟他（她）對話聊天，久而久之，你們會越來越熟，最後成為無所不談的靈魂知己。

安安亮亮，你們很年輕，好好找出時間愛愛英文，這個擁抱英文讓你的時間運用更有價值。愛爾蘭詩人葉慈說：「時間一點一滴凋謝，猶如蠟燭慢慢燃盡。」珍惜時間，每天好好規劃時間，認真工作也有計畫學英文。媽媽知道你們工作加上教會服事，真的很忙，但時間仍然是可以空出來的。媽媽跟你們講一個三國時代故事：

「呂蒙是三國時東吳的將領，善於打仗，是位英勇的得勝軍。由於呂蒙從十五、六歲開始從軍，沒讀過什麼書。東吳軍師魯肅雖欣賞呂蒙善打仗，但心裡會覺得呂蒙只算一介武夫，要成為領導萬軍的大將軍是很難的。有時候言語間，會嘲笑呂蒙胸無墨水。

知人善任的東吳最大老闆孫權，將部屬呂蒙找來，勉勵呂蒙說：『你還年輕，應找時間多讀史書、兵書；懂得知識多了，才能不斷進步。』

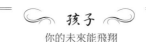

　　呂蒙回答說：『我帶兵打仗忙得很，哪有時間學習呀！』

　　孫權睿智眼光看著呂蒙說：『你這樣就不對了。我主管國家大事，比你忙得多，但仍然抽出時間讀書。由於多讀書讓我治理東吳更加得心應手。』」

　　呂蒙是位孺子可教也，他聽進去大老闆的建議：多讀書。從此便開始利用軍旅閒暇，如饑似渴遍讀詩書與兵法書。後來呂蒙官職不斷升高，終成為東吳的大將軍。「士別三日，刮目相看」，這個成語是從呂蒙本身發奮圖強故事而來的。

　　安安亮亮都在工作，真的忙，如呂蒙要帶兵打仗忙碌。但在百忙中一定要撥出時間愛英文，讀英文。從現在開始愛英文，五年後的你們，一定會「士別三日刮目相看。」十年後，因為你們擅長英文，如呂蒙成為管理階層的領袖。成功是給願意有計畫有目標的人。

　　安安亮亮，記得：你愛英文有多深，英文也愛你有多深。一輩子的愛，勝過幾個月熱愛。堅持學習英文，找出時間日日學習，直到海枯石爛，永不改變。愛英文，讓英文成為你們一輩子的天使，這位天使會讓你有如海明威的一席流動異國心靈盛宴，且帶你翱飛莎士比亞的仲夏之夢；讓你天涯若比鄰，認識好多異國朋友；你們的生命與職場表現，會因這位靈魂知己與天使幫助，攀越高峰。

安安亮亮，愛英文，一輩子的愛；英文就成爲你們生命的天使。

愛英文的媽媽2021/11/26

Chapter 46

祝你生日快樂

安安：

　　今天是2022年1月7日是你的生日，生日快樂。媽媽喜歡詩人泰戈爾說：「我存在——這是永恆的驚喜，生命的驚喜。」安利的出生，對媽媽來說是生命驚喜，上帝的祝福禮物，媽媽對於自己一生中擁有一個女兒如安安聰明美麗懂事，感到驕傲且充滿感動與感恩。

　　媽媽，今天早上看見家裡貼著爸爸媽媽結婚的相片；你小時候的相片：約六個月嘴裡含著奶嘴滿足看著前方；外公外婆來我們家，外婆抱著你；外公抱著弟弟的溫馨畫面；你未讀小學，偷偷拿著媽媽的粉擦滿臉上的小大人可愛；媽媽右擁安利左擁弟弟為人母親的幸福，還有全家旅遊相片等等，媽媽看了這些相片，勾起很多幸福與快樂鏡頭回憶；這些都是媽媽在27歲所計畫追求的夢想，有夢就去追求，方法正確且竭力追求，美夢真的成真。

　　時間過得真快，安安，已經到了適婚年齡有餘了。媽媽在你生日時，要親切叮嚀美麗女兒三件事：

★ 結婚是人生最重要生涯規劃：

　　什麼時候結婚，要立下年限。例如媽媽當時在27歲

時，就明確知道幸福婚姻是我人生最重要的一個美夢，所以媽媽就立下一個30歲前要結婚。安安，現在30歲，不妨立下35歲之前要結婚的目標。很多適婚年齡的男女朋友都抱著「隨緣」態度，「能結婚我幸，獨身我命」，這是消極的心理。如果安安認為「結婚是人生重要大事」就要立下35歲以前年限，向上帝禱告且付諸行動。媽媽深信「那人獨居不好，我要為他造一個配偶幫助他」（創世紀2：18）的天父必應允安安在35歲前結婚。

★ 愛情果實是需要時間的灌溉與呵護：

　　聰明的安安有一份好的工作，你認真於工作；愛助人的安安在教會是小組長；工作與服事占滿你全部時間。當你覺得結婚很重要，要在35歲以前結婚，那麼安安就空出時間去認識異性朋友，且花時間跟男朋友相處交往，以了解兩人是否真的合適一輩子伴侶。媽媽在成長過期，比較沉浸閱讀與高學歷的追求，甚少參加活動；在28歲時，媽媽就接受二舅舅的建議，去參加正當男女聯誼活動，就這樣認識你的爸爸。兩人認識交往一年期間，未婚的我們也是在工作之餘，花時間遊山玩水，吃飯聊天，增加彼此各方面認識，包括對方的家庭。未婚的的我們在交往1年後，就決定結婚。安安目前太忙碌，要空出時間交男朋友，適度參加一些社交聯誼活度；愛情是要竭力追求的與經營，才會開花結甜蜜的果實。

★ 挑選另一半：掌握品德、工作與信仰大方向就好：

　　上帝造人，如藝術家的創作，沒有一個人是完全相

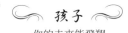
同，尤其男女大大不同，除了原生家庭不同；個人因所學，呈現人格特質與個性都大大不同。媽媽在未婚時，會選擇你爸爸為結婚對象，是媽媽掌握大方向：爸爸對父母孝順，個性溫和，沒有不良嗜好；且有一份在當時算是收入甚好的工作，因為那時媽媽未信主，所以未考慮信仰，至於爸爸外表高度都沒有符合媽媽的原先標準，那無所謂；媽媽基於品德與工作大方向考量下，他都符合，所以就大膽與爸爸結婚。如今爸爸媽媽結婚31年了，算是一對恩愛夫妻。兩人因個性大大不同，雖有吵架過，很快就有說有笑，沒有冷戰過。媽媽之所以分享挑配偶的大方向，知道安安是完美主義者，你曾告訴媽媽：你希望對象是要同教會的弟兄。媽媽的看法是只要愛上帝的信仰，他是哪個教會都無所謂，最重要是他愛上帝的心，顯現出他的好德性，且一份養家的穩定工作，且很愛你的弟兄，安安就可以列為考慮結婚對象。

　　以上是媽媽在你30歲生日，給予我美麗懂事女兒3個建議，作為生日禮物。

　　安安，生日快樂。安安是既美麗聰明且好心腸的女兒，我相信安安在未來一定是個非常有智慧才德的妻子，我知道那位很優秀且幸運的男士在某個時空在等你。在此給予滿滿祝福。

　　安安，生日快樂。要多多愛自己。每天晚上12點鐘以前睡覺，一週要有3次運動時間；一週至少有一天要放鬆時間，給自己自由運用。安安在教會服事很好，但不能忙

到連放鬆休息時間都沒有；我想一向主張要有安息日的天父，一定喜悅你一週有好放假輕鬆時間，且有愛情的時間喔！

愛安安的媽媽　2022/01/07

Chapter 47

建立一生一世相守的家

安安亮亮：

　　昨日我們家庭透過line彼此分享近況並相互禱告，媽媽心裡很歡喜，一家人互相關心，為彼此需要，祝福最好結果，這就是和樂一家人，是媽媽從小到大的幸福追求。

　　你們的外公外婆建立一生一世相守的家，是留給媽媽最寶貴的幸福財寶。外公外婆在一起生活65年，一起腳踏實地種田，日出而種日落而息，用一輩子的血汗來灌溉家園，把最好東西給他們四位孩子（二男二女）。他們勤奮節儉，彼此陪伴，盡最大心力栽培孩子。早期台灣農家收成不豐，大舅舅就讀大學的學費是向親友借來的。然後你們外公外婆更加辛勤種菜，清晨四點就起床，到田裡割新鮮蔬菜，五點多，就以摩托車載菜到鹿港市場賣，增加收入，來付兒女受高等教育費用。這就是外公外婆一生的愛的縮影。

　　外公外婆65年的婚姻，年輕時候雖吵吵鬧鬧，老來感情和睦相互陪伴。由於外公外婆勞苦勞心栽培四位兒女長大成人，兒女都銘記在心感念，所以在他們晚年都常常回來探望，外公外婆每當看見他們兒女回家門，比中樂

透彩券還開心；過年過節，外公外婆因兒女帶著下一代回家，子孫滿堂一起用餐，那樣熱鬧團圓，外公外婆心裡滿足與安慰，笑得合不攏嘴來，覺得這輩子雖辛苦卻有價值意義。外婆曾告訴媽媽：「有兒有女有子孫勝過一億。」一億對種田人家來說是天文數字，外婆隱含透露意思：幸福的家生養眾多，是無價之寶。外婆老人家的智慧與聖經教導：你們要生養眾多，在地上昌盛繁茂（創世紀9：7）是相同的。

外婆外公去世時，是在眾兒女圍繞中離開世界，這是很親情告別。如果一個人去世，是孤零零離開，那是多麼淒涼呀！縱使有家財萬貫，卻妻離子散，到頭來還是沒有幸福可言。

安安亮亮，媽媽今日要跟妳們談一個主題：建立一生一世相守的家。媽媽在青少年是個夢想追求者，花很多時間去探索生命意義，人為什麼出生，來世界做什麼；媽媽曾經羨慕富貴人家，為什麼媽媽要出生平凡的農家；媽媽苦苦追求自己心目中的高學歷與世界眼光的肯定；現在媽媽回首過去走過路，所做很多選擇，有的是對，有的是錯得一塌糊塗；但感謝上帝，媽媽做有智慧聰明的選擇：勇敢結婚，願意生兒育女；這個選擇雖然付出相當代價，卻是媽媽生命中最有意義的奉獻與生活。

安安亮亮相差13個月。你們童年由於年齡相近，幾乎玩在一起，一起看卡通節目，一起穿著皮卡丘衣服，一起跟媽媽騎腳踏車兜風，我們三人一起躺在木板床鋪輪流編

故事接龍；你們朝夕相處下，有很濃姊弟感情。爸爸與媽媽因安安亮亮出生，生命更加有目標：像外公外婆用心栽培他們的兒女，希望你們活出最棒最豐富的自己。爸爸與媽媽因你們加入，這個家更加活潑幸福快樂，照顧你們日子，跟你們一起成長，生活不再空虛單調與寂寞，是媽媽生命中最發閃亮踏實的日子。時間過得真快，昔日孩童，現在已長大成人，安安30歲亮亮28歲，已經可以成家立業了。

安安亮亮都是很優秀的年輕人，努力於工作，且有愛上帝的信仰。媽媽對安安亮亮很有信心，你們一定會分別遇見你們的正確的另一半。在你們未遇到另一半時，媽媽分享美國思想家愛默生一段話：

「愛情本身是真摯的，因而，男人和女人的結合是生命中最神聖的事。男人愛女人，女人愛男人以及對子女的愛，都是神聖的本能。我們應以無限真誠對待自己的愛人，應在眾多男人和女人心中銘刻，並使之永恆。

他永遠將妻兒放在心中，對色情場所不為所動。神聖的智慧將忠誠和權利的種子植於我們心中，使我們不會鋌而走險，它們使我們意識到，如果那樣做，就等於死亡。」

愛默生這段話對照最近台灣發生偶像歌手王力宏與妻子李靚蕾的離婚事件，王力宏被妻子爆料：王力宏在婚前，一腳踏多條船，同時交往幾位女性朋友且過夜。他們發生婚前性行為，是奉兒女之命結婚，婚後王力宏到處留

情，對妻子不忠。帶來一番深刻省思：要遵從聖經教導：婚前要守貞，應以無限真誠對待自己的愛人，永遠將妻兒放在心中，對色情場所不爲所動，銘刻真正愛情，使之永恆。

心靈作家約瑟夫·墨非說：「生命是無數選擇的總合。」錯誤思考帶來錯誤的生活與生命；正確的價值觀帶來正確選擇，正確選擇如幸福鑰匙啟動成功榮耀的家園。安安亮亮，現在你們是面對婚姻選擇，媽媽的的叮嚀：

★找丈夫找妻子都要以品德爲優先。娶妻娶德，嫁夫以品格爲眼光。並按照聖經教導一夫一妻，婚前與婚後都守貞，以無限真誠建立婚姻。這是對另一半的選擇，同時選擇對婚姻忠心不貳的承諾。

★以最大努力建立一生一世的家。不要把婚姻當兒戲，不高興或輕易愛上別人就離婚，摧毀家園。當你種下自私與情慾的因，就會吞下其自我毀滅的後果。兩位相愛夫妻建立一生一世的家，不只是夢想事業，且子孫因家的夢想事業昌盛繁茂，生生不息，這對世界有無可計量的貢獻。

安安亮亮，此時你們都在自己工作崗位上班了，媽媽在電腦桌面前寫這篇文章於你們姊弟兩人，此時媽媽心中有很大幸福與意義。身爲女性的我，何其幸運有一對「一生一世相守的父母」爲榜樣，有愛我的丈夫與一對懂事上進兒女。我可以以母親身分寫信於你們，叮嚀媽媽的心中語：人生最美的選擇是建立一生一世的幸福家，這個成就

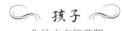

可媲美諾貝爾任何獎項。

　　祝福安安亮亮在茫茫人海中，分別在正確時空，遇見你們最明亮星星，建立幸福的家，一起照亮你們生命，照亮世界。

　　　　　　　　　　　　說結婚真好的媽媽2022/01/17

Chapter 48

用緩慢輕鬆的儀式開始你的工作

安安亮亮：

　　舉重若輕，心越放鬆越容易，臉越帶著笑容面對工作，工作效果反而如春風吹過，欣欣向榮。

　　亮亮最近換了職業跑道，到了新公司，面對完全嶄新的環境，公司的要求，萬事起頭難，電腦新系統開發與團隊工作配合，亮亮昨日是星期天，還坐在電腦面前千頭萬緒的思考。安安，農曆年關將近，公司的工作的庫存量的解決與一些工作進度的限期完成，都是在忙碌逼迫的狀態。媽媽知道你們姊弟目前的工作景況，所以想對你們說：不要著急，帶著輕鬆容易笑容，慢慢開始你的工作，相信你要結果都會實現；工作的花朵徐徐綻放。

　　最近媽媽在閱讀錢德勒・史蒂夫（Steve Channel）所寫《勇敢創造自己的奇蹟》一段話，引起很大的共鳴。錢德勒・史蒂夫說：

　　「奇妙的是，你越是緩慢地開始，越能迅速地完成。所以，用懶散、緩慢的節奏開始一項工作吧！不要著急，從輕鬆開始你的專案，你內在的韻律會讓你所做的事開始同步。你體內蘊涵著能量非凡炸藥，但你不必狂熱地全部

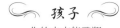

點燃，只需一根火柴輕輕劃過，你就能將它引爆。」

　　所以，安安亮亮面對每天工作新挑戰時，就宣告：靠那加給我的力量，任何難事都能做；然後你就輕鬆容易開始工作，如三國時代諸葛孔明面對敵人大軍入侵，依然談笑自在思考退敵計策。一天能量以輕鬆態度爲之，會讓整天能量如流水流動，流得綿長。以媽媽愛慢跑來說，因慢慢跑，所以可以跑50分；但若以跑1百米速度來跑步，頂多5分鐘就氣喘如牛，無法繼續。工作得很急，容易累；工作得舒緩，能持久。

　　媽媽過去是位緊張大師。由於媽媽成長於升學主義濃厚的時代，國中時代過多考試，每次考試很多題目（尤其數學）要在有限時間寫完，在時間緊迫下，心情非常緊張焦慮。三年下來，爲了在考試名列前茅，以考上最好的學校，不知不覺養成很急躁開始一件事，急忙完成。沒有享受其中的樂趣。

　　當媽媽在重要的事已養成焦慮完成的習慣，連做家事或從事休閒活動，內在總有一根緊緊拉著弦，就是放鬆不下來。放鬆不下來的心處事，就是少了一份至善的完美與快樂。焦慮於工作眞的不好，不但效率減低且容易出錯，很多能力無法釋放出來，你內在知道若放鬆應該做到100分，就如在考場因過於緊張只考70分，好可惜呀！同時緊張焦慮於任何事，在外人看來，不夠聰明不夠從容，想成就大事有些艱難；其實自己知道自己能力是足夠，只因你顯得太緊張，媽媽想改變這個壞習慣，一直無法改變，就

是放鬆不了。

　　信仰是媽媽改變焦慮的轉捩點。當我相信：神是我的力量，有最高層的保護與帶領的信靠，因此慢慢媽媽的腳步慢慢走，手慢慢放鬆，心笑著告訴自己：神是我的靠山，我還怕什麼？呷緊弄破碗，慢工出細活，慢慢修正自己，以輕鬆緩慢態度打開一天生活之門。現在媽媽不只慢慢寫作，畫畫，連煮晚餐開始悠閒切菜，過去緊張壞習慣漸漸隱退，取代是神在我心中，我是屬天女兒，最好，到最合適時間，都是屬於我的，就這樣輕鬆態度面對生活大小事；日子反而豐富輕盈快樂。

　　烏克蘭牧師作家桑戴・阿得拉加（Sunday Adelalaja）說：「將你的問題視為神用來提升你，帶領你成就大事的工具。神有時要你放慢腳步，和祂建立親密關係，而容許困境進入你的生命裡。別讓你生命火燒燼，藉由禱告和思想神的話，讓你的火焰繼續燃燒。」

　　安安亮亮，盡量早睡半個鐘頭，這樣，每天就可以早起閱讀思考，讓宇宙的智慧話語進入你的心；你的心就處在一種上天能量流入你的心田中，你會以喜悅盼望眼睛看見今天的圖畫，然後迎接一天到來。

　　在上班時間掌握上，不要趕時間上班，最好能早20分鐘到工作地方，到公司地方整理桌面，「有條理是天堂的秩序」，條理的桌面，條理的心，然後為工作地方與自己工作禱告，以緩慢輕鬆開始工作，「信靠的人不著急」（以賽亞書28：16）的安穩態度來面對問題，日日如此，

這樣好的習慣養成，是讓你引爆你內在無限潛能且在春風裡。

詹姆斯·克利爾在他的書《原子習慣》（這本書目前在台灣是暢銷書）說：「細微的改變帶來巨大的成就。要養成習慣，就必須去實踐，不斷重複，使一個行為自動化。」安安亮亮，因早些睡，早些起閱讀禱告；早些上班，然後緩慢從容開始工作，這樣細微調整改變，幾年後，媽媽深信安安與亮亮都是職場達人。

以泰戈爾詩人說的「我無法挑選那最好的，那最好的挑選我」，我想要的結果都會實現，凡事慢慢來，用緩慢輕鬆態度創造工作的大奇蹟。

越來越放鬆的媽媽 2022/01/24

Chapter 49

十年內要做什麼

安安亮亮：

　　媽媽把頭髮剪短了，加上最近寫未來10年的夢想於夢想書上，心情飛上天猶如25歲。安安與亮亮，媽媽認為每個人，0到80歲，心中都要有夢，這夢會讓「你們的兒女說預言，少年人見到異象；老年人要做異夢」（約珥書2：28）。夢想使人放大格局，放長眼光；忘了年齡；注滿年輕，要擁抱全世界。

　　安安亮亮，有沒有想到未來10年內要做什麼？請寫夢想書吧。媽媽提到要寫夢想書，我想起夢想書上的人物：

　　「肯德炸雞爺爺65歲夢想開始起飛，到80歲，建立世界肯德炸雞王國。摩西奶奶70多歲才拿起畫筆畫畫，80多歲開畫展；商業創辦人何飛鵬因不甘於只是中國時報的跑跑新聞喝酒應酬的日子，他想到以知識改變世人，所以創辦商業週刊；楊惠姍不再作藝人，她與先生張毅創辦琉璃工房，成為有名琉璃藝術家。年輕人夢想書上有林書豪的籃球明星夢，有計畫每天練習500顆投籃，造成林來瘋籃球傳奇；劉安婷留學美國，後來回台灣偏鄉教書，帶領一批對教育有夢的年輕人踏進偏鄉服務；博恩的夜夜秀，以

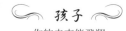

網路訪問名人，博恩如此溢滿年輕人的創意自信有料；這
世界不同年齡層，有各樣的夢，這世界才如此豐富多彩好
玩。」

　　洛克菲勒寫給他的孩子家書，有一篇〈夢想起飛於正
確的人生規劃〉那是為他寫給他的女兒伊莉莎白。伊麗莎
白中學畢業，正困惑未來的職業選擇及如何面對未來。他
寫著：

　　「對於現在的你來說，10年以後還是遙遠的未來，但
可以預測一下10年以後的你做什麼工作，才感到幸福、滿
足。……我勸你選擇一個工作機會不受地理約束的職業。
那樣即使遷居到別的地方，也可以把你的一技之長帶走；
遨遊天際之夢。」

　　安安亮亮，這也是媽媽要對你們說的。工作在人生，
占了非常重要一席之地。一個人有個到任何國家都可以工
作的技能，是生命的贏家。勇於嘗試工作，了解自己喜歡
的工作型態，在自己工作好好釋放內在潛能，生命意義因
而彰顯。你們不妨找個時間，靜靜問自己，讓自己去思考
與探索未來10年要做什麼，然後提筆寫下來。10年後的你
們已經37歲與38歲了，若沒有好好規劃寫下來，時間一眨
眼間過，媽媽就有這種感覺，昔日你們才牙牙學語，帶你
們去逛淡水老街，請街頭藝人為你們姊弟畫素描，不經意
間，你們已經27歲與28歲了。時間過得很快，為了讓自己
在時間裡成為光彩的人，一定要拿起筆寫夢想書。這本夢
想書隨身攜帶，完成了一個夢，再啟航另一個新夢。

　　安安與亮亮，在27歲~38歲中的夢想書，這未來10年裡，一定要規畫什麼時後結婚，什麼時候有小孩，要建立幸福的家庭。媽媽就是在27歲時候寫夢想書：30歲內結婚；35歲內生完小孩，媽媽時代是2個孩子恰恰好。媽媽夢想書所寫的，一一實現。因媽媽夢想書要建立幸福的家，要生養兒女，所以我當了媽媽，有了安安與亮亮。這都不是偶然的，乃是計劃而來的。由於媽媽有幸福的家，有安安女兒與亮亮兒子；在媽媽人生低谷裡，午夜夢迴中，幸福的家是媽媽最大安慰與避風港。然後，媽媽告訴我自己：要會堅強，要成為兒女的標竿。有夢真好，有兒女真好，有幸福家真好，這是媽媽卻顧所來徑後的一連串真心語。安安亮亮，一定要將「建立幸福的家，生兒育女」的夢想寫在夢想書上，然後祝福自己，我一定會遇到很合適品格端正的另一半，一起與我走人生之路，這是媽媽的愛的叮嚀。

　　美國心靈作家喬・維托（Joe Vital）說：

　　「我要你全心全意，放大膽子，勇於夢想。想像自己是神。想像自己有超人的力量，你會想要什麼？你要為這個世界做什麼？」

　　安安亮亮，10年後的你們會在哪裡？10年後的你們正為這世界做什麼？請不要膽怯，請不要遲疑，拿起筆寫下來畫下來，讓你們的夢想書有新的藍圖，新的風景，新的夢想城堡，有多壯麗，就寫下吧；有多色彩，就畫下來吧。

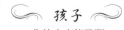

　　人生有夢是最美；有夢才能創造人間天堂。安安亮亮，你們是神的孩子，有神所賜的智慧聰明與能力，所以不要害怕世界的苦難或工作的挑戰，你們有屬天力量，神會陪你們一起翱飛在夢想的天際，去實踐你們偉大的夢。神希望你們很厲害如超人，這世界因你們更美更好。媽媽，每天會為你們姊弟實踐夢想禱告，所以你們要放膽做夢，寫夢想書，想寫（畫）幾頁就幾頁，盡量揮毫，年輕不要留白。在精神王國，神同在，爸爸媽媽同在，都會為你們一起喊加油；因夢想而卓越；因夢想而幸福；因夢想而發光。最後寫一首小詩於你們，祝福你們在十年後，都是飛翔在天空老鷹。

　　〈做夢〉
　　夢想是大能的超人
　　超越紅塵飛翔
　　黑暗中渾不怕追尋
　　夢想是壯麗的詩篇
　　超越平庸書寫
　　生命因詩篇而永恆
　　儘管深夜風雨很大
　　屋內夢燈照耀
　　明日你是朝陽升起

　　　　　　　　愛寫小詩與寫夢想的媽媽　2022/01/31

寫信給自己的大哥

安安亮亮：

　　家人是世界最親的人，父母對子女的關心鼓勵，兄弟姊妹也要彼此連結與鼓勵。安安是姊姊，亮亮是弟弟，要記得不管你們將來結婚，各自有家庭，也許住在不同的城市，但要記得媽媽的話：你們是姊弟，人世間最親的人，都要彼此打氣加油，團結力量大。

　　大舅舅是媽媽的大哥，他已經從公務人員退休近三年，媽媽關心大舅舅的退休生活，所以就花時間寫一封好長的信給大舅舅，希望退休後的大舅舅的生活是精采快樂活力十足。以下是媽媽寫給大舅舅：

　　〈人生下半場比上半場更精彩〉──給大哥
　　大哥，恭喜你榮耀在六十五歲退休了，算算日子，已經快三年了。退休生活是人生下半場，如何讓人生下半場比上半場更加精彩，永遠如年輕人有夢有活力，是妹妹寫這篇文章的動機。

　　如果說人生是一場戲，人生下半場是面對死亡前的演出。美國勵志作家史蒂夫・錢德勒（Steve Channdel）在

他的書《勇敢創造自己的奇蹟》說；

「在生命最後一刻，你還想說什麼？我們毋需等到死神來敲門才去做真正想做的事，我們可以隨時創造自己的生活。請許一個看似離譜的諾言。只有意識到自己必將死亡且接受這個事實，我才能清楚知道自己的人生必須變得精彩。」

大哥在退休後，時間變得多起來，這時候不妨你向自己生命提問：「在死亡來臨之前，我要做那些事，如何讓我的退休的每一天是被期待，生命越來越精彩且死而無憾？」

泰戈爾詩人說：「死亡之印給生命之幣烙上價值，讓生命之幣得以購入真正寶物。」生命有限，在最後人下半場可以勇敢創造自己想要大夢，讓自己後來生命如寶物被琢磨，為餘生烙上有影響力的價值。

如何讓人生下半場比上半場更精采，在大學學心理諮商的妹妹提出人生下半場仍需要生涯規劃於大哥：

立下永遠當社會生產者的目標

很多人認為退休就是老了，沒用了。不要在言語上老是說：「我老了」。心靈作家約瑟夫‧墨菲說：

「當你對生命失去興趣，不再懷抱夢想，不再渴求真理，不再尋求新的領域去征服的時候，你就會老去。米開朗基羅在八十歲還在畫油畫，牛頓八十五歲還在勤奮科學研究；蕭伯納在九十歲還創作活躍。」

　　人最怕生活沒有目標，沒有目標的生命形同等死，生活軟弱一天過一天。當你立下退而不休生產者目標，這目標會驅使自己往前努力。大哥是六十五歲從政府公務工作退休下來，那你可以根據自己的優點與興趣，去做你的社會生產者的生涯規劃。生涯規劃可以從古人所說：立功立德立言著手。就像張忠謀八十八歲從台積電退休，他就開始寫他的自傳了；這是典型的立言。台北靈糧堂周神助牧師在退休後，開始走向世界分享福音，今年八十歲的他，精神抖擻到各國各地的教會，不知道什麼是疲倦與年老。妹妹曾經聽九十多歲周聯華牧師在士林官邸的「凱歌堂」講道，聲如洪鐘，眼如鷹眼，一臉慈祥笑容。

　　我們的爸爸以九十二歲高壽告別人間，他老人家在八十八歲時還在田地鋤草種菜，閒暇時愛唱歌，充滿生命活力。受日本教育的老爸愛唱日本歌，唱歌使他頭腦靈活記憶力好。我們的三伯父過新年就九十五歲了；在他九十歲時仍騎腳踏車巡田地，種甘藷，我回娘家時，三伯父還分享甘藷於妹妹。三伯父有空會讀經書，會背三字經給妹妹聽。爸爸與三伯父就是典型退而不休，他們生命中沒有退休兩個字，生活就是勞動，閒暇就做自己喜歡的事。他們兩位老人家給予晚輩立德榜樣：一生都是生產者，不成為社會依賴者。

　　大哥在考高中時，是彰化高中的榜首，記者還訪問你，這是很榮耀之事。你也從台灣最好大學（台大）畢業，人要記得榮耀的事，表現自信，以此自信告訴自己：

我很聰明，我曾經脫穎而出，出類拔萃；不論幾歲，凡事都能做，且創造光榮。雖然你告訴我，過去做錯很多事，在退休之後，做夢還會記起來。談一談，言語之間有不少懊悔；甚至以過去鞭打自己，自責不已。聖經說：「若有人在基督裡，他就是新造之人，舊事已過都變成新的了。」（哥林多後書5：17）過去的你不是你，擺脫過去，努力現在，做新事。對於聰明的人，此時的你是重生的新人，有無限好機會之門在等你開啟。只有傻瓜才會被困在過去不能前進。

人生下半場追求一個好信仰很重要。人因有信仰，會發現自己德行盲點，對於死亡坦然看待。曾經有一位姊妹分享：她之所以信上帝，是看見自己父親在癌症末期，對於死亡恐懼害怕，在恐懼中離開人世的。她希望自己不要像父親那樣面對死亡。在朋友介紹下走進教會。當這位姊妹在教會得到好信仰時，心裡有平安喜樂。

當大哥在真理生命追求上，是要竭力追求的。神學家伊曼紐·史威登堡（Emanuel Swendenberg）說：

「良善活動存在天堂各處。除非天堂在人的心中，否則從天堂來的靈流及天堂本身，是無法被人接受的。在世過邪惡的生活，一旦抵達天堂，他們會覺得被折磨的痛苦，好像要瘋掉。所以天堂存在良善人的心中。」

人生下半場要追求良善的行為與活動。在人生上半場若有做錯的地方或犯了罪，只要勇於改正，從此不再犯，只做良善的活動，從事真善美的興趣活動，此時你的靈性

就與天堂相近,你在人間猶如在天堂,在未來死亡來臨,也是回到物以類聚的地方——天堂。

天堂是靈,神是靈,靈流在眞善美的內心。所以,天堂不歡迎做邪惡事的千萬富豪、帥哥美女,或好吃懶做的社會依賴者;因其靈性無法相容,短暫居留後,就會下到與他們相近的惡靈地獄,「物以類聚」適用好人上天堂,惡人下地獄的眞理。

大哥,當你期許自己當社會生產者,對這個世界有貢獻,你的靈性會被開啟,「神啊!我心渴慕你,好像鹿渴慕溪水」(詩篇42:1),一種天人合一的領會在心頭;你會覺得自己的心如25歲年輕人,還不斷在進步,自我更新,正結智慧的果實。

看!多少人退休後,去到醫院與博物館等地當志工;有人還開創事業第二春,再去工作;有人忙於從事興趣活動:寫作、畫畫與進修。當大哥立下要當社會生產者時,就會有使命感,旺盛的活動力,去達成你要達成目標。人因目標而忙碌,當你生活很忙碌時,過去的錯誤算老幾,早就化爲塵土,現在的你才開始過精彩生命。

珍惜夫妻的情分且開拓人際參與

大哥的人生下半場通常都是孩子獨立,家裡只有你與大嫂朝夕相處。你們這時候相處比年輕因工作打拼不在家多又多,時間多了,難免會吵架。避免吵架,就是每天稱讚大嫂七次,稱讚話語永遠不嫌多,每天幽默說甜言蜜

語，好話說多了，春天就在你與大嫂的家中。對於彼此缺點，睜一隻眼閉一隻眼，不要要求對方配合自己，以同理心來換立場想，不要自私永遠滿足自己的需要。

　　珍惜夫妻情分，少年夫妻老來伴，這老來伴陪你含頤弄孫；陪你到公園散步，或到醫院掛號，一起老去。這樣夫妻情分是世間最動人的愛情，好好愛她，珍惜她；不要動不動就生氣或大聲說話。人生下半場精采與否，親密關係是相當精神支柱。聽說，很多日本夫妻，老了反而鬧離婚。後來日本社會學家關心此現象，反而提倡「卒婚」，幸福生活，到老都不離婚。

　　大哥，我們蔣府三合院，老一輩除了大伯父早年去世外，二伯父二伯母；三伯父三伯母，我們的爸爸媽媽，五叔五嬸，都是少年夫妻老來伴之情，夫妻越老越好，都相互陪伴至少五十五年以上，八十多歲的老夫婦在兒女出外後，相互扶持，老而情篤彌堅，這是大哥未來的一幅好畫。

　　人生下半場精采與否，除了家庭鞏固外，還要適度參與活動，增加人際美好的連結。大嫂去參加有氧舞蹈活動，有一群姊妹淘，一起跳舞，一起聊天聊心情，生活快樂輕盈。大哥當立下要當社會生產者時，就會去學習新東西或奉獻您的過去的經驗與知識於年輕下一代，保持人際的互動，適度走出家門，融入社會，融入人群，整個生命日趨有智慧與成熟，溢滿健康活力，帶給大嫂與家是有朝氣有希望與開心。

　　反之，一個人因退休了，失去生活目標，認爲自己已經退休了，就不需要努力，不需要追求了，其實不追求生命就會一天到晚唉聲嘆氣，恐懼死亡的到來，這樣面對退休態度，反而是對夫妻相處是減分，且處在低氣壓，死氣沉沉。所以成功作家拿破崙・希爾說：

　　「立定志向，追求成功，善用所有方法，隨時充實自己。當一個人掙脫自己的心結，面對眞正無限自我，我看地獄的通道因而斷裂，天堂喜悅的鈴聲響徹雲霄。」

　　有智慧自我就對夫妻相處就是猶如處在天堂裡，一起分享生活點滴，二人相互扶持的喜悅，傾聽生命，共享晚年的黃昏之美好。

　　大哥，記得自己的優點長處，將過去錯誤與咒詛化爲完美與智慧。每個人的生命都有走向人生下半場時候。爲自己能活超過65歲幸運感恩，許下一個創造生命奇蹟的願景，奉獻出自己的「立功或立言或立德」。眞正讓人死而無憾的智慧人，是使人生下半場比上半場更加精彩，爲自己與子孫打造一個有精神財富的傳承王國。

　　生命是要規劃的，不只年輕人要規劃，退休的人士更要規劃。當你拿起筆好好規劃時，你對未來眼光就不再昏沉，你的頭腦越用越靈光，你覺得自己是有用的，到老結果子；你說出話語如金蘋果，鼓勵妻子與下一代，你的心就處在人間天堂。

　　大哥，以永恆生命來看今生，今生所努力將到另一個世界發揚光大；我們都是宇宙的孩子。祝福大哥：永遠年

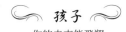

輕，永遠學習，勇於探險，是社會的生產者，後來精彩大
過先前。

　　以上是媽媽寫信給自己的大哥，信中一片真誠話語。

　　有一天，安安可以寫信給亮亮，或亮亮寫信給安安，
彼此鼓勵，光照對方。記得媽媽的話：家人永遠是世界最
親的人。

　　　　　寫好長好長長信給大舅舅的媽媽　2022/02/21

Chapter 51

李uncle的一席話

安安亮亮：

「每天晚上最好10點睡覺，早上5點起床；英文非常非常重要，好好花五年時間對英文下苦功，才可以成為世界人才；海峽兩岸的和平一定一定要維護穩固。」這是星期二（2022/03/8）李uncle的一席話。媽媽聽了，覺得甚好。所以特別將這席話記錄下來。

李uncle在中國大陸工作24年，以高階主管榮耀退休了，李uncle要回澳洲與妻子、兒女團聚，珍惜李uncle留在台灣時間，爸爸約李uncle吃飯聊聊天，作陪有媽媽與亮亮。李Uncle是我們家的三十多年的好朋友，一直在工作上卓越出色，是大陸老闆非常信任的左右手，老闆都捨不得他六十五歲就退休，還想慰留他多做幾年，但李uncle覺得回歸家庭很重要，他依然選擇六十五歲退休。一個人在工作奮力表現，成為公司的靈魂人物，老闆捨不得你離開公司，這是人在工作很成功，有大貢獻，很令人尊敬；李uncle就是這樣在工作發光的人。

工作很重要，健康更重要。李uncle在中國大陸大公司為高階主管，工作相當忙碌，勞心且勞力，但在繁重工

作之餘,他還是相當重視生活作息,盡量不熬夜,能早睡就盡量早睡;早睡才能早起。李uncle對中醫是有研究,會把脈針灸。他說,晚上超過12點睡,容易傷肝;所以最好生活作息是晚上10點睡,早上5點起床。這對常在晚上12點睡覺夜貓子的爸爸,安安與亮亮算是春雨的提醒。超過晚上12點睡覺是很多現代人的通病,其實算是不好的生活作息;晚睡的生活作息於身體的肝臟是損傷的。李uncle說,人體肝臟休息排毒時間是晚上11點到清晨3點,這四個鐘頭你能在床上安眠睡覺,大大有利肝臟休息與排毒;反之熬夜的人,肝臟無法休息,長久下來,身體容易疲累,對於身體健康是有損的。

所以,安安與亮亮培養早睡早起的好習慣,記得李uncle的智慧提醒:「每天晚上最好10點睡覺,早上5點起床」,若無法做到,盡量11點睡,6時起床,不要超過晚上12點睡,這是對安安說的。媽媽知道安安常超過12點睡,這是不好的,在2022年,我們家四人:爸爸,媽媽,安安與亮亮,都能在11點睡覺,早上6點起床。當然未來若做到如李uncle所說的晚上10時睡,早上5時起床,那是最好生活作息,這也是未來的目標喔。媽媽算是早睡早起(晚上9點前就睡),精神一直飽滿。偶而有要事晚睡,就晚起,同樣睡七個小時,但晚睡後,晚起的媽媽,整天精神都不太好,沒有早睡早起的好精神與好心情。早起還可以閱讀與運動,有一段安靜獨處與運動時間,對於靈性是有很大助益。

　　李uncle說：「英文非常非常重要，是值得花五年苦功，精通英文。有機會出國去念個碩士相當好。」由於李uncle的公司是跨國公司，身為高階主管的李uncle，雖是澳洲昆士蘭大學電腦碩士，但他還是覺得英文不夠好，因要非常流暢與來是世界各國的主管溝通表達。當然李uncle是可以表達的，在他這樣長期與外國人接觸下，所以才會對年輕人亮亮建議：無論如何，要把英文學好。不管你在台灣工作也好，或國外工作，整個世界是流通與連結，精通英文，等於你的工作視野與眼光格局也擴大了，對於自己夢想與未來，絕對是轉捩點的改變。所以安安與亮亮有出國機會，要把握，要出去闖闖，看看這世界有多大，接觸各國的人。爸爸與媽媽在30多歲出國讀書，拿碩士學位。媽媽回首二十多年前的決定，覺得那是生命很光亮的轉捩點，對於一向很害羞很孤僻的媽媽，接觸日本人、韓國人、中國大陸等人與外國文化的撞擊，那種全新的生命體驗，是多麼豐富與開拓，至今想起來還是覺得很光彩的歲月鏡頭。安安與亮亮，年輕人不要怕，有出國機會就走出去，年輕時代的勇敢與吃苦，往往造就一生成功的基礎。就如李uncle到澳洲讀書，已經超過35歲了，他依然考好多次的托福，就是執意要出國。正因他有澳洲電腦碩士文憑，才被大陸老闆委任高階主管與外國客戶溝通。

　　「海峽兩岸的和平一定一定要維護穩固。俄羅斯攻打烏克蘭是借鏡是警惕。」李uncle如此說。李uncle在中國大陸工作24年，所接觸的是大陸人。中國大陸從政府到民

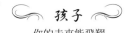
間都一致認爲：台灣是中國大陸領土，只要台灣一宣布獨立，中國大陸必攻打台灣。戰爭是可怕且殘忍殘酷，兩次世界大戰死了多少人，現在烏克蘭正在戰火中，人民正處在水深火熱呼求停止戰火，和平曙光早日照在烏克蘭國境內。安安亮亮，媽媽在二十多年前在紐西蘭接觸中國大陸學生，身爲知識分子的他們，一致對媽媽說：台灣是中國大陸一部分。幾年前，媽媽認識愛主的傳道人，她是如此肯定告訴媽媽：我每日禱告台灣早日回到祖國的懷抱裡。媽媽聽了住在中國大陸24年李uncle對海峽兩岸局勢的分析，媽媽同意點頭，海峽兩岸的和平一定一定要維護穩固，領導人與人民都不要一時意氣用事，穩定現狀謀求和平，因爲海峽兩岸一旦開打，那是華人最大悲劇。

　　「聽君一席話勝讀十年書。」李uncle的一席話，媽媽深信對於年輕人的安安亮亮有啟迪與警醒。早睡早起身體好，英文很重要把握出國機會，並爲海峽兩岸和平禱告。愛你們的媽媽。

關心你們的媽媽 2022/03/11

Chapter 52

一位母親的禱告：
全人類最需要是和平

安安亮亮：

　　戰爭，像一個噩夢，一個揮之不去的夢魘。戰爭使人置身在人間地獄裡，死亡的哀音天地繚繞。

　　戰爭是人類自我毀滅的一種恐怖無人性的方式。國與國戰爭，沒有贏家，全部是輸家，「一將功成萬骨枯」，戰勝國與慘敗國，其百姓死傷無數，流離失所；第一次世界大戰與第二次世界大戰之血跡斑斑，多少年輕人來不娶妻生子，短暫年輕生命就埋骨異域，想起來是人類悲劇，揪心之痛。

　　俄羅斯與烏克蘭是「同一民族，同一整體」，烏克蘭自1991年12月1日從蘇俄政權獨立出來，為一個國家。2022年因烏克蘭不保持中立，想要加入北約，且烏克蘭與北約成員聯合軍演，所以在2月24日，蘇俄就攻打烏克蘭了。多少烏克蘭難民逃離到東歐，多少兒童失去最愛的爸爸與媽媽；就連入侵蘇俄國，有多少軍官與軍人都陣亡這場戰役；多少母親失去愛兒，終夜哭泣。

　　安安亮亮，戰爭是全人類最愚蠢的意氣相爭，政客一

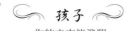

時籌算，多方權謀，相互霸權較勁，一令之下發動戰爭，受苦是老百姓與打仗的軍人。媽媽小學時代，學校上下課的鐘聲，是由一個學校工友打的。這個學校工友是民國38年國共內戰逃難到台灣的阿兵哥，無親無靠，後來在學校謀求工友職位，沒有娶老婆，只收養一個女兒，終老。媽媽讀嘉義師專時，當時師專是住校，三餐由政府免費供應。那時媽媽與一位負責學生三餐的某個廚夫聊天，他告訴媽媽，在中國大陸，他是某小學的校長，因戰爭逃難，所有證件都丟掉，來台灣為了生計，只好到師專應徵廚房的工作。

媽媽讀師專時的教授，新婚沒多久就爆發戰爭，丈夫的他，隨國軍來台，一分隔就是30年，這位教授一直沒有再娶，心中最大的美夢：與新婚妻子團圓相聚。每次上課仰望他孤家寡人認真為學生上課，下課離去身影，有說不出的蕭索，當時20歲的媽媽，心裡感受戰爭下倖存人民卑微活著與心裡的鬱結。

安安亮亮，還記得你們國中的國文有一篇是〈失根蘭花〉作者陳之藩，他十幾歲因戰爭就漂流在外，窮苦像個乞丐；當時還在自己國家，不覺得心苦，直到離開中國，到美國去，才體會國家的保護與遮蓋。陳之藩說：「國土淪亡，根著何處？國就是土，沒有國的人，就是沒有根的草，不待風雨的折磨，即形枯萎。」沒有國的人，即使在異國身居要職，還是一株失根的蘭花。這篇失根蘭花所描寫心情與心苦，同樣發生在敘利亞與現在烏克蘭的難民，

離開熟悉的故鄉，一切歸零，從頭開始，陌生的語言，陌生的國家，這樣逃難只因一場撲天而地捲來的戰爭。戰爭是一個老百姓生命中最痛苦的命運折磨，未來之路不少是黑暗與陰影。

《巨流河》是台大退休教授齊邦媛所寫自傳。十幾年某天，媽媽站在誠品書店閱讀《巨流河》，讀著讀著就淚流滿面。對於齊邦媛所寫她少女時代就認識大哥哥——張大飛，由於日軍侵華，張大飛的家被炸毀，爸媽死了，家沒有了，他決定報考空軍去報仇。在26歲那一年，張大飛大哥哥特地到齊邦媛讀大學看望她，沒想到這一探望就成訣別，不久之後，齊邦媛就收到噩耗：26歲張大飛在空戰中殉職了。當時多少「張大飛」的年輕人，包括的日本的「神風特攻隊」與中國年輕人紛紛走入戰場保衛國家，結果，一去不復返，在那麼年輕二十多歲就為國捐軀了。一讀到26歲的張大飛的殉職，齊邦媛永生之痛，又何嘗不是所有讀者的心痛；多少優秀張大飛來不及過30歲的生日啊！！

這些犧牲的優秀年輕人，每位年輕人都是一位母親懷胎十月，苦心栽培長大，多少青春多少歲月等著愛兒平安回家。日本有一首歌，就是一位母親每天柱著拐杖，等待從軍愛兒回家。當時侵略國日本的母親，如此悲苦；被侵略國家的母親更是午夜夢迴哀嚎。聽這樣戰爭下的母親思兒的悲歌的人，莫不心傷不已，尤其現在我也是一位母親，聽這樣歌，會哭的。「天下父母心」，全人類的父母

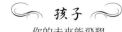
都希望不要有戰爭，就是世界和平。

　　聖經云：「你們要時時警醒，常常祈求，使你們能逃避這一切要將來的事。」媽媽十幾年前，由於看了很多抗戰時期的文學作品，如《滾滾遼河》與《藍與黑》加上在異國讀書，接觸很多優秀中國學生，每個都是炎黃子孫，同文同種，媽媽就開始，為海峽兩岸和平禱告。前年為敘利亞難民禱告；現在為蘇俄與烏克蘭的戰火趕緊熄滅，和平曙光照在兩國的國境裡禱告，最後媽媽為全世界和平禱告，沒有打仗的聲音，沒有兵荒馬亂，沒有霸權主義與沒有意識形態之爭；國與國互助，國與國就是弟兄姊妹相親，就是和平互動，共創造21世紀文明榮景，共存共贏在這個美麗的地球上，世界和平與世界大同。

　　在人類戰爭所流無辜鮮血，觀看人類天使不忍，創造人類的上帝嘆息；自相殘殺，世人的罪行何其大。「本是同根生，相煎何太急」，全人類要有智慧聰明謀求和平。安安亮亮是年輕人，為自己，為國家，為全人類，挺身而出，站出來，每天撥空為正處戰爭國家禱告，為海峽兩岸和平禱告。當全世界男女老少都為國與國和平禱告，這樣聲音必形成春雨，澆滅戰火，如春風甦醒「罔顧人民生命」的政客的心，讓這樣全人類和平圖畫就張掛智慧人的心牆上。

愛和平的媽媽　2022/03/18

成爲造福的人

安安亮亮：

　　蘇俄與烏克蘭戰火燃燒在2022年的的春天，燒得人心惶惶不安；多麼希望兩國領袖早日坐下來談判，達成共識：兩國和平，烏克蘭的人民不再死亡與逃難，蘇俄經濟與軍人不再犧牲了。

　　安安亮亮，最近台灣眾教會發起40天（3/10~4/18）的禁食禱告，一天禁食一餐，爲蘇俄與烏克蘭和平；台灣與中國大陸的世代和平禱告。媽媽有參與在其中，每天黎明即起，就爲國與國不再對立，世界和平禱告。

　　發動戰爭與製造戰爭者都是屬於毀滅的人。希特勒的恨，造成六百萬猶太人的悲慘死亡；史達林等獨裁者統治下，造成近一億人的苦難逝去；回顧人類歷史；多少無辜人民都因不人道的統治者，成爲可憐的遊魂；想起來，心仰望上帝，爲什麼，天父，人不是你所創造嗎，爲什麼你要創造這樣毀滅的人？

　　安安亮亮，這就是媽媽對上帝疑問。媽媽愛看書，若讀到戰爭下的文學作品與報導，心很軟，都難過好多天。就如同現在蘇俄與烏克蘭的戰爭，媽媽都不忍卒讀，

不想打開網路或看電視報導；因為戰爭下，最可憐都是老百姓，單單因兩位總統的決定，就形成人民無比苦難的悲歌。

最近媽媽在閱讀一本好書《信心的跳躍》，作者是葛雷格·博德（Gregory A.Boyd）一位傑出大學教授與成功的神學家。葛雷格教授在書上說：

「神創造人，並給人自由意志。人的好與壞都由他們自己做決定。人有做善的潛能，同樣也有做惡的潛能；不同的路取決於最初一個選擇。如法國著名哲學家、數學家與物理家巴斯葛曾這樣說：『神的亮光足夠照明那些揀選的人，也暗得摒棄祂的人盲目。』希特勒和德蕾沙的不同，就是由最初的小決定形成的。」

葛雷格教授說得好，人有做善的潛能，可以成為造福的人，如德蕾莎修女；人也有做惡的潛能，就成為造罪的人，如希特勒。人的一生對這個世界是福或是禍，是風中塵埃或是人間明珠，都是自己的決定。上帝賦予人自由決定權，所以我們一生成功與失敗；過得有意義或無意義，都在人在心中一個小決定形成。

由於人的內在同時存在做善與作惡的潛能，所以我們要常常餵養做善的潛能，讓善的能力不斷壯大來打敗內在作惡的因子。餵養做善的潛能的好方式就是常常讀好書，讓書中的真理與愛來引導善的潛能。世界上最暢銷的好書是《聖經》。所以葛雷格教授在寫給他未信主的70歲父親（退休的教授）：

　　「《聖經》具備有力的歷史證據，及改變生命的見證，不應該被偶然的困惑所推翻。爸爸，想想看我所說的，更好的方法開始讀《聖經》，並在讀聖經時與作者（神）聊聊，您沒有好損失的。」

　　葛蕾格教授希望對上帝充滿困惑的爸爸，常常閱讀聖經，與神聊聊天，沒有什麼好損失的。後來葛雷格的爸爸從對上帝一連串砲火的質問，到後來從閱讀聖經去找到回答，蒙蔽的雙眼從此打開，出人意外地信主，帶來生命的救恩與更新。

　　安安亮亮，無論生活與工作再怎樣忙碌，最好養成每日安靜思考與靈修的習慣。亮亮，還記得你那時換工作跑道，很多你想進去大公司拒絕你，你很難過與焦慮，媽媽要亮亮讀聖經，親近神，跟神聊聊心中的焦慮並向神祈求，求神為你開工作大門。後來聰明亮亮真的照媽媽所說的，關起門在內室敬拜神，唱詩歌與禱告。幾天後，亮亮想進去的大公司願意給亮亮interview，後來亮亮如願進入這家大公司了。現在進去這家大公司，工作一定充滿挑戰，時間常不夠用，但忙碌中，還是要特別空出時間閱讀神的話語與思考。這對你們工作是有幫助的。安安是教會小組長，已養成每日閱讀聖經習慣，繼續保持，讓每日的亮光照亮安安的工作與教會的服事。

　　親近神，閱讀聖經或好書等於與天上人間最崇高的道德力量連結，讓自己揚善棄惡，走在真理生命的道路上。美國歷史中，被尊敬傳頌的林肯總統，從他的早逝的母

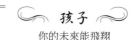

親手中，獲得聖經為一生禮物；從此這本教導愛人如己的《聖經》成為他生命中的軍師與導師。在烽火連天的南北戰爭中，林肯總統在忙碌中，仍謙卑跪讀聖經，要尋求上帝最高的旨意與帶領，他的謙卑跪讀聖經被緊急報告軍情的士兵撞見。

美國林肯總統之所以解放黑奴，完全是按照聖經的教導：愛人如己。黑人白人在神眼中是尊貴的；林肯心中充滿從上帝而來的愛，所以他成為解放黑奴的偉大總統，造福後代的千千萬萬黑人，包括後來能當上美國第44任總統——歐巴馬。同樣總統，在位者可以成為毀滅人魔；也可以成為造福後世的大善人，完全端看自己餵養心中的善或惡。

人應該要成為造福的人，造福的人與出身與學歷與地位，無關。安安亮亮，我很懷念你們外曾祖父蔣塗與外祖父蔣百。你們外曾祖父蔣塗，自幼喪父，未曾上學，一生勤儉耕耘，日出而作日入而息於夏秋冬，買了將近五甲土地，成為村莊最富有的人，造福後代子孫。你們外祖父蔣百，小學只上四年級，因戰爭就沒有讀書了，他依然秉承父親留下勤奮精神，當一位認真盡責的農夫，同時栽培四位兒女長大成人，且受高等教育。

外曾祖父與外祖父都是造福的人。相對現今年輕人注重享樂，不婚不養；對未來一天過一天，就形成鮮烈對比。所以，安安與亮亮，好好思考自己人生，如哈佛大學畢業的哲學家愛默生說：「你，正如你所思。有信心的

人，可以化渺小爲偉大，化平庸爲神奇。」

　　前晚，亮亮工作加班，回到家已八點了。目前好好工作，珍惜眼前的工作，能勤奮工作是一種福分，想一想戰爭下烏克蘭人民想要好好工作，都不能了。勤奮於正當工作於自己於公司是祝福，同時造福的根源。安安忙碌工作與教會，不要太晚睡，造福的人，身體健康同樣重要，適當休息只爲走更長的路。

　　　　　　　　　　愛你們的媽媽於台北　2022/04/01

Chapter 54

每天打掃心靈之屋

安安亮亮：

　　以前當學生的媽媽黎明起床後，就開始做媽媽心目中最重要的事：讀書，即使屋內很凌亂，依然視若無睹。當時在媽媽心中認為：屋內凌亂是芝麻小事，等有空再整理；讀書出頭天才是大事，必須在頭腦清明重要時刻。後來學校畢業，即使從事為人師表的神聖工作，在學校諄諄教誨學生，但家裡客廳仍然充滿雜物，甚少明鏡發光。

　　這樣不良生活習慣一直伴隨著我，直到佳佳阿姨分享她的錄音帶時，才徹底改變媽媽不願每天花時間乾淨家裡的壞習慣。那天情景是這樣的：

　　教會小組的姊妹，都到小組長女兒開的咖啡廳聚會。在聚會時，通常每位姊妹都會分享自己最近特別領受或感動或感恩的事。那天佳佳阿姨面帶春風的笑容，她帶來一捲錄音帶。她先解釋說：

　　「最近有很多代禱事項，我怕自己偷懶隨意禱告，所以我就錄音自己所禱告的，提醒自己要認真禱告。每次禱告後，我們都會說阿們（阿們的意思是同意禱告祈求。基督徒禱告結束會喊『阿們』，表示說：上面我所禱告的，

都是我誠心所求。）你們聽聽這卷錄音是不是有『兩個阿們』？兩個完全不同阿們聲音。」

我第一次聽聽，由於坐的位置離播放錄音的收音機有些遠，聽不是很清楚；後來再請佳佳阿姨再播放一次。這次媽媽聽得很清楚：

「第一次阿們聲確實是佳佳阿姨發出。再隔半分至一分鐘後的『阿們聲』略顯沙啞，很明顯不是佳佳阿姨的聲音。」

安安亮亮，大家都接受容容小組長的說法：那是「中年天使」聽完韻佳阿姨禱告後，靈性交流感動說出「阿們。」

「天使在聽人的禱告。」這個結論在媽媽心中不斷迴響，餘音繞樑。

佳佳阿姨繼續分享她有個生活好習慣：在她每次讀經禱告前，都會先整理客廳，以乾淨整齊的屋子，來邀清聖靈一起進入屋內，跟她一起禱告讀經。

佳佳阿姨是從小愛主的基督徒，為人敬虔且有禱告習慣。她是智慧好母親，本不信主的丈夫，在她的溫柔影響下，成為神家的人，且栽培出非常傑出的四位女兒；所以佳佳阿姨所分享的不是捏照出來，媽媽真心相信：佳佳阿姨禱告時，天使正傾聽。

媽媽從那一天的隔天清晨，在靈修禱告前，就拿起掃把將客廳大致掃一下，以乾淨客廳歡迎聖靈與天使來訪。

很奇怪是，媽媽每天打掃客廳，都能掃出一些灰塵與小垃圾，這表示每個空間都需要每天整理一下。這個清晨大致打掃客廳的習慣也做了至少三年多了，帶給自己是以明亮空間來進行美好事物的邀請與同住，內心因此明亮開朗起來，眼光所看的是生活的亮點與自己未來光芒的藍圖。

安安亮亮，古人說：「誠於中，形於外」；同樣是「誠於外，形於內」，所以心理學家對那些心情容易感到煩亂的求助者建議：回家整理房子。房子乾淨了，心情也乾淨了。實際打掃家裡垃圾猶如打掃心靈之屋。每天打掃心靈之屋，除去灰塵與垃圾，讓心靈乾淨條理迎接相同頻率的美好正能量，來建造生命的智慧城堡。

打掃心靈之屋之後，有長的時間就坐下來閱讀好書或背誦神的話語或正面積極話語。心靈學作家露易絲・賀（Louise Hay）在《創造生命奇蹟》分享她每天清晨時光：

「我，早晨醒來，未張開眼睛，我的第一個想法，便是感謝，感謝每一件我所想到的事物。

沐浴後，花半小時靜坐冥想和做肯定信念的練習，以及祈禱。選一兩句肯定言詞，每天寫十或二十遍，並且以熱誠的心大聲朗讀，讓它們成為信念。」

媽媽分享我今日在打掃心靈之屋所朗誦肯定話語：

「不要效法這個世界，只要心意更新而變化，叫你察驗神的善良、純全、可喜悅的旨意。」（羅馬書12：2）

「心靈是我們每個人真正的家園。我們是好是壞都取

決於它的撫育。⋯⋯

　　偉大的書籍就是偉大的智慧樹，我們在其中得以重塑。」──洛克菲勒，美國企業家

　　「朋友，你偉大的心散發著朝陽的光芒，有如黎明時分覆雪的孤山頂峰。」──泰戈爾詩人。

　　當媽媽在打掃心靈之屋進行好書的閱讀，且記錄下來，這就充實自己心靈之屋，日子久了，一些過去所犯的錯誤陰影與別人帶來傷害漸漸隱去，因媽媽心靈之屋充滿良師益友與真美善的天使，邪不勝正。

　　安安亮亮，為什麼打掃心靈之屋後，要閱讀好書？聖經有一個故事：

　　「有一個邪靈，不久前才從一個人身上被趕出來，這個邪靈失魂落魄找不到可居住地方，於是這個邪靈再回到原來的地方。牠發現這個人的心靈已經打掃得整齊乾淨，然而卻是空虛軟弱，這個邪靈便去邀集七個比自己更兇惡的鬼來，進去住在那人空虛軟弱的心靈，那人後來的景況比從前更壞。」

　　這就是說明很多富豪之家雖然有乾淨整齊奢華的客廳擺設，卻仍活在情欲與犯罪中，就是沒有每天填充正能量為力量抵擋屬靈的攻擊與爭戰。每個人每天都活在善與惡爭戰中，只有裝備自己，才成為生命贏家。美國哈佛大學最流行一句話：

　　「誰也不能隨隨便便成功，它來自徹底自我管理和毅力。」

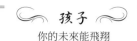
　　是的，「自我管理」就先從每天起床後，用幾分鐘整理房間乾淨房間，即打掃心靈之屋，然後靜下心閱讀，成為一天的幫助與力量。安安亮亮，盡量養成早睡早起習慣，早起半小時或1小時來進行打掃心靈之屋與充實內在屋子的美善能量，持之有恆，10年，20年，那是一個既成功與幸福城堡閃亮在眾人面前。

　　　　　　　　喜歡打掃心靈之屋的媽媽　2022/4/08

Chapter 55

生命意義在勇敢承擔責任

安安亮亮：

　　亮亮從這週一，開始承擔一個月公司全球性事務24小時值班，由於剛到新公司三個多月的第一次大責任。亮亮說，第一天值班，是有一種無形緊張與壓力。

　　恭喜亮亮承擔公司分配工作責任。當亮亮坦然無懼去承擔工作的重責，一個月後，一定會發現自己成長了，更強壯更有能力。

　　安安說，自己工作滿忙碌的，很多事要及時處理，需要大家的代禱：工作順利。安安，我們會為你的工作禱告：亨通順利。安安，只要有把工作做得卓越的責任感，相信安安的工作如你的名字平安順利。生命是公平的，越勇於承擔責任的人，越是成長茁壯。如梅花不經一番寒徹骨，焉得撲鼻香。

　　當安安亮亮覺得工作責任太重，有壓力，要記得讀神的話語與禱告，將工作交託給天父，相信天父會幫助有責任感的你們，靠著神加給你們力量，凡事都能做，得勝有餘。前天媽媽讓亮亮看媽媽有本專門寫神話語筆記本，當媽媽內心有匱乏凌亂，隨時背誦神話語成為平靜安穩的力

量。

昨日媽媽看GOODTV的真情部落格，被訪問是宏碁董事長陳俊聖。陳俊聖董事長帶領宏碁從虧到盈逆轉勝。當他被聘請到虧損200億的宏碁公司時，他就一股強烈責任感：一定要讓宏碁賺錢，只要有信心，什麼事都做。幾年後宏碁真的浴火重生，推出很多符合年輕人需要的科技產品而賺錢。

陳俊聖在面對工作難題，他想到是如何開創新機會且相信自己一定可以打贏這場難關。即使他已成為宏碁董事長，如此高高在位的位置，他仍仰望主帶領在工作得勝。他每天工作相當忙碌，但仍自己找時間閱讀經禱告，會為兒女禱告，與弟兄一起禱告，求神與他同行，使他成為一位榮神益人的領袖。他喜歡用聖經的一句話：

「神能照著運行我們心裡的大力，充充足足地成就一切，超乎我們所求所想。」（以弗所書3：20）

所以安安亮亮，你們工作再怎樣忙碌，都要向宏碁董事長陳俊聖學習：讀經禱告，求神與你們同行，一起在工作如鷹展翅上騰。

媽媽自稱是黎明母親，因媽媽是台北市最早睡（晚上八點多就睡覺），可能最早起來（黎明三點多即起），這樣早睡早起是媽媽源自對生命責任感所致。

媽媽某方面很早熟。在很小學看了很多神仙故事，就會覺得自己一定有犯錯，所以被貶謫到人間。十五六歲就思考：人活著意義是什麼。當時媽媽所處時代是升學主義

時代，在繁重功課下，覺得生命如此倉惶緊繃，除了考試拿高分是意義價值時，似乎找不著任何崇高的意義，那時青少年的媽媽內心沒有喜樂與盼望，覺得生命是一片灰色與徬徨。

媽媽某方面又是晚熟。媽媽一直追求生命意義，就像《牧羊少年奇幻之旅》作者保羅‧科爾賀（Paulo Coelho）花了至少二十多年才找到天命。因為媽媽到中年走進教會，認識上帝才找到生命意義。找到生命意義的媽媽，內心一股強烈責任感：寫文章讓很多青少年明白生命意義，減少摸索；同時激勵同時代的人一起走在真理生命道路上。加上媽媽對去世的外祖父承諾：

「你的女兒是大隻雞晚啼，你的女兒會寫書出書。」

人必須有從失敗站起來的責任感。你們知道媽媽有七八年時間都失去信心，在低谷徘徊，後來認識上帝後，就明白過去不順都是養分，人最重要對生命有一個責任：要化失敗為成功。所以媽媽想藉著外祖父承諾，驅使媽媽寫書出書。

「就因這樣寫書出書的答應外祖父」的責任感，讓媽媽雖會暫擱筆休息，但內心一股強烈使命感：要當心靈勵志作家，好好書寫，以文章激勵人心。這股強烈責任感下，媽媽不斷閱讀好書，黎明即起寫出更好的文章，媽媽的文章也逐年進步中。因最近有讀過媽媽寫文章的人，覺得有感動他們，勉勵媽媽要多寫。

所謂天命就是以自己最擅長的事去自立立人，即以最

好的自己服務社會，過一個無限可能精彩發光照亮世界的一生。看各行各業的人堅守在自己的崗位上，家庭主婦善盡一個母親責任，都是呈現生命意義。

媽媽深刻了解生命意義是在勇敢承擔責任。勇敢承擔責任往往會開發自己各樣的潛能，做出無比貢獻的事業。

有人問1993年諾貝爾生理獎及醫學獎得主理查‧羅伯茨（1943年出生），「為什麼如此傑出獲得諾貝爾獎？」理查‧羅伯茨說：

「責任感是人必備的基本素質。科學家必須和社會進行交流和溝通，要對社會負責。」

正因理查‧羅伯茨要對社會負責，所以盡最大心力，日以繼夜研究，終於有創新的研究造福世界而榮獲最高榮譽──諾貝爾獎。

士林靈糧堂劉群茂牧師，出生在富足家庭。讀東吳大學期間，他說，閒暇看看小說，每天睡到自然醒，日子輕鬆愜意。直到有一天有一個聲音深刻對他說：

「人只有一生，要做有意義的事──服事上帝，拯救靈魂。」

當劉牧師有拯救靈魂的責任感後，先是在台北靈糧堂做牧師14年，後來到士林區開創「士林靈糧堂」。由於強大責任感所致，劉牧師早就告別大學那種睡到自然醒輕鬆愜意生活，他每天要求自己一定要在六時以前早早起床靈修禱告；每週主日訊息要認真蒐集資料寫稿，再熟讀練習，希望講出勸勉人心的主日訊息；每年若有外國好的特

會要參加，讓自己成為一個有世界眼光的牧師。每天清晨帶著兩個便當出門，晚上才回到家。這樣近似三十年努力終於使士林靈糧從草創五十多人，到2022年，成長到快五千人的大型教會。

安安亮亮，士林靈糧堂劉牧師常常說，自己大學是重考後才考上，是三流的人才，由於「要拯救靈魂」強大責任感，讓他不斷努力不懈地經營教會，才有今天一流的表現。劉群茂牧師常常勉勵聽他主日訊息：

「像我這樣從小三流表現的人都可以做到，你們也可以。」

因勇於承擔責任，激發劉群茂牧師內在的潛力，讓他成為大型教會的牧師，是世上的光，活出光照失喪靈魂的生命明亮意義。所以，安安亮亮生命意義在於勇於承擔責任。不承擔責任，就失去莫大成長機會。例如蝴蝶不承擔在蛹期間突破，就無法美麗飛翔；蜜蜂不勤勞採花蜜，就無法過暖冬。人若不去承擔責任，一味埋怨出生貧窮或學歷差，往往一事無成嘆息過一生。威爾遜是美國第28任總統。他說：「偶然的責任是與機會成正比的。」一位承接破產爸爸的事業的兒子，由於這個「要扭轉家族命運」的偶然責任下，在他不斷改善經營策略，延攬人才，終於獲得成為傑出企業家的成功機會，再度擦亮家族之門。這人是日本企業家湯澤剛。

人只有一生，可以勇敢承擔責任，成為有貢獻的人；同樣可以吃喝玩樂，渾渾噩噩過日子。端視自己面對生命

的態度與思考。生命是否意義就在於自己願不願意吃苦，勇於承擔責任。

　　媽媽今年60歲，保持年輕追夢的心，這是媽媽對生命的責任。每天為寫作與畫畫忙碌，因媽媽的美夢是成為世界級的作家與畫家，由於有夢，每天都在生命天空飛翔。生命責任就是不斷追尋，不斷超越，自我突破，到達最好自己的王國。願媽媽追求美夢成真的勇敢可以感染你們姊弟。

　　美國哈佛畢業生思想家愛默生說：

　　「我們生命是什麼？不過是長翅膀的事實，或事件的無窮飛翔。」

　　安安亮亮，只要勇於承擔責任，決心行動，不論幾歲，你們的未來能飛翔。

黎明媽媽　2022/04/15

本書獻給我偉大爸爸（蔣百）與媽媽（蔣許玉荔）

愛兒女的天下父母與上進的兒女

國家圖書館出版品預行編目資料

孩子，你的未來能飛翔／蔣馨著. --初版.--臺中
市：白象文化事業有限公司，2022.10
　　面；　公分
ISBN 978-626-7151-87-7（平裝）

863.55　　　　　　　　　　111010834

孩子，你的未來能飛翔

作　　者　蔣馨
校　　對　蔣馨
發 行 人　張輝潭
出版發行　白象文化事業有限公司
　　　　　412台中市大里區科技路1號8樓之2（台中軟體園區）
　　　　　出版專線：（04）2496-5995　　傳真：（04）2496-9901
　　　　　401台中市東區和平街228巷44號（經銷部）
　　　　　購書專線：（04）2220-8589　　傳真：（04）2220-8505
專案主編　林榮威
出版編印　林榮威、陳逸儒、黃麗穎、水邊、陳婉婷、李婕
設計創意　張禮南、何佳諠
經紀企劃　張輝潭、徐錦淳、廖書湘
經銷推廣　李莉吟、莊博亞、劉育姍、林政泓
行銷宣傳　黃姿虹、沈若瑜
營運管理　林金郎、曾千熏
印　　刷　基盛印刷工場
初版一刷　2022年10月
定　　價　320元